KB072572

가프 현대 판타지 소설

MODERN FANTASTIC STORY

밥도둑 약선요리王

밥도둑 약선요리王 15

가프 현대 판타지 소설

초판 1쇄 찍은 날 § 2020년 3월 4일
초판 1쇄 펴낸 날 § 2020년 3월 11일

지은이 § 가프
펴낸이 § 서경석

총괄팀장 § 노종아
편집책임 § 신나라

펴낸곳 § 도서출판 청어람
등록번호 § 제387-1999-000006호
등록일자 § 1999. 5. 31
어람번호 § 제1-3094호

주소 § 경기도 부천시 부일로 483번길 40 서경B/D 3F (우) 14640
전화 § 032-656-4452 팩스 § 032-656-4453
http://www.chungeoram.com
E-mail § chungeorambook@daum.net

ⓒ 가프, 2019

ISBN 979-11-04-92165-0 04810
ISBN 979-11-04-91945-9 (세트)

※ 파본은 구입하신 서점에서 교환하여 드립니다.
※ 저자와 협의하여 인지를 붙이지 않습니다.
※ 이 책은 도서출판 청어람과 저작자의 계약에 의해 출판된 것이므로,
   무단 전재 및 유포·공유를 금합니다.

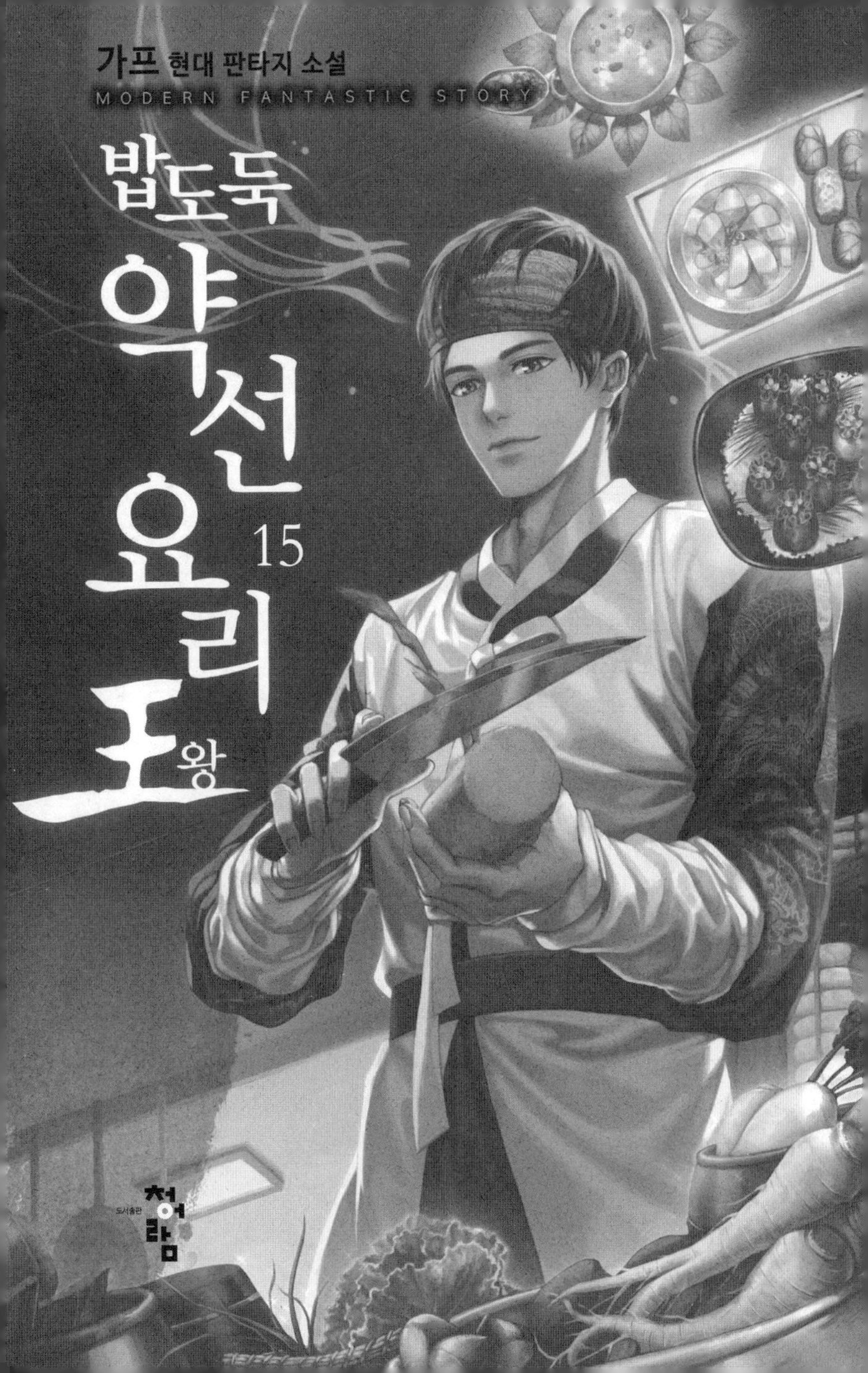
가프 현대 판타지 소설
MODERN FANTASTIC STORY
밥도둑
약선
요리
王 왕
15
도서출판 청어람

밥도둑

약선

요리

도 왕

목차

1. 편식쟁이 띄워주기

"그럼 시작합니다. 우선 노랑색 만두를 하나씩 받아 드세요. 무슨 고기 맛인지 알아맞히면 됩니다. 단, 먹다가 뱉으면 탈락입니다."

황순구의 말과 함께 만두가 하나씩 배급되었다. 아이들은 호호거리며 만두를 먹었다. 살짝 뜨거우니 손에 뱉었다가 다시 먹는 아이도 있다.

"아이고, 먹는 것도 어쩌면 저렇게 예뻐?"

"아이고, 귀여븐 것들. 저, 저……."

어르신들은 아이들의 행동 하나하나마다 자지러졌다.

"자, 다 먹었으면 어떤 맛인지 저기 요리사 선생님들이 들고 있는 그림을 찾아가세요."

시식이 끝나자 황순구가 앞을 가리켰다. 박세가의 제자들이 들고 있는 그림은 소, 닭, 돼지였다. 만두에 들어간 고기는 소고기. 아이들의 흥미를 더하기 위해 특별한 맛은 더하지 않았다.

아이들은 깔깔거리며 그림 앞에 섰다. 소고기 쪽이 많았지만 닭과 돼지에도 있었다.

"정답은……."

황순구가 잠시 뜸을 들였다가 말을 이었다.

"음메에, 소고기였습니다."

"와아!"

아이들이 방방 뛰었다. 몸풀기는 한 번 더 이어졌다. 이번에는 군밤의 살을 뭉쳐 찹쌀반죽에 굴려 튀겨낸 요리. 그 또한 아이들 입맛에 문제가 되지 않았다.

"이번 정답은 밤이었습니다."

황순구가 답을 발표했다. 밤에 더불어 고구마, 감자의 그림 앞에도 아이들이 있었지만 몸풀기였으므로 모두 구제해 주었다.

"자, 이제 본게임에 들어갑니다. 지금부터 틀리는 사람은 탈락입니다. 그러니까 신중하게 맛을 보세요. 본게임의 요리, 공개합니다."

황순구의 말과 함께 찜통 뚜껑이 열렸다. 거기서 나온 건

노란 자태의 석류만두, 소방이었다.

"우와아!"

모양에 홀린 아이들이 환호를 했다.

"이번에는 조금 어렵습니다. 만두 안에 무슨 맛이 들었는지 잘 생각하고 줄을 서세요."

황순구가 아이들을 독려했다.

탈락!

그 말은 아이들에게도 부담인 모양이었다. 분위기가 신중 모드로 바뀌었다. 하지만 그래도 아이들. 몇 아이가 답안 그림으로 뛰어나가자 나머지도 우르르 뒤를 따랐다.

「소고기」
「소고기+햄」
「소고기+닭고기」

답안 그림은 세 개였다. 난도가 조금 높아진 것이다.

"정답은 소고기와 햄이었습니다."

황순구가 정답을 공개했다. 아이들은 거의 반으로 줄어버렸다.

"히잉!"

떨어진 아이들은 울상이 되었다. 이미 게임의 재미에 빠져든 것이다.

"아, 제 마음이 아프군요. 우리 어린이들, 떨어진 친구들에게 한 번 더 기회를 줄까요?"

황순구가 남은 아이들에게 물었다. 그 또한 민규의 당부였다. 승패가 중요한 게임은 아닌 것이다.

"네에!"

아이들은 닥치고 환영이었다. 어른들과 달리 아이들의 세계는 순수하다. 어르신들에 더불어 양미순 원장도, 구경 나온 박세가도 흐뭇한 표정이었다.

다음으로 나온 건 연잎쌈, 다른 때 같으면 고개를 저을 아이들이 분위기에 휩쓸려 경쟁적으로 받아 물었다. 몇 아이는 이내 울상이 되었다. 자기들이 싫어하는 맛을 느낀 것이다.

"뱉으면 안 됩니다. 뱉으면 탈락."

황순구가 순발력을 발휘했다.

연잎쌈 안에 든 건 소고기에 각종 채소. 당근과 시금치, 가지, 피망, 호박에 마와 연근을 넣었으니 종합 채소쌈에 다름 아니었다. 그러나 단맛을 강조함으로써 뱉는 아이는 일부에 지나지 않았다.

"정답은 당근, 시금치, 가지, 호박, 피망, 그리고 마와 연근. 세 가지 이상을 맞힌 사람은 모두 정답으로 간주합니다."

"와아아!"

아이들이 환호성을 질렀다. 다 먹은 아이들은 모두 다 정답인 셈이었으니 이 또한 민규의 농간(?)이었다.

정답 그림은 이랬다.

「당근, 가지, 피망」
「시금치, 호박, 피망」
「당근, 시금치, 호박, 피망, 가지, 고추」
「당근, 가지, 호박, 피망, 연근」
「당근, 시금치, 가지, 호박, 피망, 마, 연근」

정우는 세 번째 그림 앞에 있었다. 적어도 여섯 가지는 맞힌 것이다.

"드디어 마지막 결승입니다. 이번에는 조금 어렵습니다. 잘 생각하고 판단해 주세요."

황순구가 요리를 가리켰다. 마지막 요리는 밀쌈말이였다. 쌈으로 말아놓은 재료의 일부는 보이고 일부는 보이지 않았다.

"결승전, 도전!"

황순구의 말과 함께 아이들 입으로 밀쌈이 들어갔다. 탈락자 5명을 빼고 45명이 겨루는 자리. 아이들은 제법 신중하게 맛을 음미했다. 안에는 싫어하는 채소도 들어 있었다. 그러나 이미 분위기에 홀렸으니 문제가 되지 않았다.

"맛을 본 어린이는 저기 요리사 선생님들에게 가세요. 바구니에 요리 재료 그림이 들었습니다. 자신이 먹은 맛에 해당하는 그림을 모아 오면 됩니다."

황순구가 박세가의 제자들을 가리켰다. 한 제자가 20여 가지 식재료를 펼쳐놓았다. 모두 요리가 된 재료들이다. 냄새로도 확인하게 하려는 의도였다. 다른 제자의 바구니 안에는 재료의 단어장이 들어 있다. 단어에는 사진도 함께 붙어 있으니 모르는 글자가 있어도 쉽게 찾을 수 있도록 배려를 했다.

"나, 알 것 같아!"

"나도야."

아이들이 달리기 시작했다. 아이들은 분위기다. 친구가 뛰면 덩달아 뛴다. 어르신들은 그 모습이 귀여워 죽을 지경이다.

그런데… 한 아이만은 뛰지 않았다. 아직도 요리 테이블 앞에 그대로다. 아직도 뭔가를 우물거린다. 아이는 바로 장우였다.

"조장우, 답 그림 찾으러 가야지."

황순구가 자세를 낮추고 말했다. 조장우는 야무지게 고개를 저었다.

"어휴, 쟤가 저렇다니까."

양미순 원장이 한숨을 쉬었다.

그사이에 아이들은 답 그림을 찾아 들었다. 두 개를 집는 아이도 있고 다섯 개를 집는 아이도 있었다.

"장우야, 그러고 있을 거야?"

황순구가 한 번 더 재촉했다. 그제야 마지못해 아이들 쪽으로 걸어가는 장우.

'과연⋯⋯.'

민규의 시선이 장우를 따라갔다. 지금까지는 좋았다. 그러나 이번 밀쌈은 난도가 높았다. 미각은 뛰어나지만 장우는 소극적인 성격. 민규의 의도가 적중할지는 여전히 미지수였다.

"마지막은 내가 장식합니다. 저도 맛을 보겠습니다. 어르신들 중에서도 자신 있는 분은 나와주시기 바랍니다."

황순구가 밀쌈을 집었다. 미각이라면 그도 둘째가라면 서러운 사람. 답을 아는 것도 아니었으니 연극이 아니었다. 어르신들도 몇 명이 나왔다.

"내가 말이지, 왕년에는⋯⋯."

"맛 하면 또 나 아닌가?"

맛을 본 어르신들이 재료 앞으로 뛰었다. 황순구는 조금 신중했다. 한두 가지 맛이 아니었다. 서너 가지는 또렷하지만 나머지는 아리송했다.

"이야, 이거 정말 장난이 아닌데요? 자칫하면 우리 어린이들에게 질지도 모르겠습니다."

고개를 갸웃거린 황순구가 재료 앞으로 다가섰다. 장우는 재료 앞에 있었다. 아까부터 그랬다. 한 재료를 들어 냄새를 맡는다. 진지하다. 소극적이던 모습은 거기 없었다. 무엇엔가 몰입한다는 것. 아름다운 일이다. 어린이라고 예외는 아니었다.

"저는 결정 끝났습니다."

황순구가 땅콩이라는 단어를 추가하면서 소리쳤다. 장우는 그때까지도 재료 접시 앞이었다.

"조장우 어린이, 아직 결정 못 했어요?"

황순구가 물었다.

"야, 빨리 해. 우리가 기다리잖아?"

"다리 아프단 말이야."

친구들이 재촉을 했다. 그제야 걸음을 뗀 장우, 단어 바구니에서 마지막 하나를 골라 들었다.

"그럼 마지막 미식왕을 결정하겠습니다. 먼저 밀쌈 속에 들어간 재료의 가짓수는 몇 가지일까요?"

황순구가 높은 목소리의 멘트로 분위기를 띄웠다.

"세 가지요."

"다섯 가지요."

"나는 네 가지예요."

아이들은 목청이 터져라 외쳤다.

"좋습니다. 그럼 이 셰프님, 정답 공개해 주시죠."

황순구가 민규를 바라보았다. 민규의 답은 일찌감치 탈락한 예은이에게 넘어가 있었다. 은근 장우를 골려먹던 그 아이였다.

"하나씩 공개해 줄래?"

민규가 보탠 말은 한마디뿐이었다.

"예은아!"

황순구 옆에 몰려선 아이들이 손을 흔들었다. 다들 자기의 답이 정답이 되기를 바라는 것이다. 예은이가 첫 카드를 뽑아 들었다.

「당근」

"와아아!"

당근 카드를 가지고 있는 아이들은 숭어처럼 팔딱거렸다.

「소고기」

"와아아!"

두 번째에는 아주 자지러진다.

「토마토」

"와아아!"

"에에……."

세 번째에서는 희비가 엇갈렸다. 토마토 카드가 없는 친구들이 나온 것이다. 탈락이었다. 네 번째 카드는…….

「시금치」

"와아아!"
남은 아이들이 다시 환호를 했다. 시금치는 그나마 쉬운 편에 속하기 때문이었다.

「땅콩」

"와아!"
여기까지는 괜찮았다.

「피망」

여기까지도 남은 아이가 네 명이나 되었다. 하지만……

「가지」

"……."
일곱 번째 카드에서 아이들 어깨에서 힘이 빠지고 말았다. 거의 전멸이었으니 남은 건 딱 한 사람… 장우였다. 물론 황순구도 생존하고 있었다.
장우와 황순구.

마지막 생존자는 둘이었다.

"우와!"

탈락한 아이들 입이 쩍 벌어졌다. 황순구와 함께 선 장우. 어쩐지 포스가 달라 보이는 것이다.

"다음 카드가 또 있나요? 이거 너무 떨리는데요?"

황순구가 예은이에게 물었다. 예은이가 카드 하나를 더 공개했다.

「양배추」

"하핫, 나는 있습니다만……."

황순구가 먼저 카드를 꺼내 보였다. 장우는… 주저주저하다가 카드를 뽑았다.

"와아, 장우도 맞혔어."

"장우, 잘한다."

긴장하던 아이들이 팔짝거리기 시작했다. 지금까지는 너무 까탈스러워 얄밉던 친구 조장우. 그러나 유명한 미식가 황순구와 마지막까지 겨루고 있는 지금은 그게 아니었다.

"아직도 있나요?"

황순가 묻자 예은이 또 하나의 카드를 뽑았다.

「버섯」

이번에는 장우가 먼저 카드를 보여주었다.

"와아, 장우가 또 맞혔어."

"장우야!"

아이들은 좋아 어쩔 줄을 몰랐다. 어르신들과 황미순 원장도 박수를 보냈다. 밀쌈 속에 숨은 아홉 가지 맛을 찾아낸 장우. 그건 보통 능력이 아니었다. 그 분위기 덕분에 황순구가 꺼낸 카드는 관심조차 얻지 못할 정도였다.

"이제 하나 남았어요."

예은이 먼저 선수를 쳤다. 거기서 장우 얼굴빛이 변했다. 한숨도 나왔다. 재료 접시 앞에서 고민에 고민을 거듭하던 장우. 마지막 맛 하나를 찾아내지 못한 걸까?

거기서 민규가 나섰다.

"장우, 카드가 남았니?"

끄덕.

장우는 고개로 대답했다.

"황 선생님은요?"

"저도 한 장……."

"그럼 이번에는 두 사람의 카드부터 먼저 공개할까요?"

민규가 장우와 황순구를 바라보았다.

"그러죠. 아, 이거 틀리면 망신인데……."

황순구가 먼저 카드를 깠다. 그의 카드는 「새우」였다.

"장우는?"

끄덕!

장우도 카드를 깠다. 장우의 카드는 「바다풀」이었다. 식재료 중에 해초무침이 있었다. 이름을 모르니 바다풀이라고 쓴 것이다.

새우와 바다풀.

답은 둘로 갈렸다. 황순구의 입가에 안도의 미소가 스쳐 갔다. 밀쌈 속에 숨은 건 새우 맛이었다. 꼬마 때문에 진땀을 흘렸지만 망신은 면한 것 같았다. 그런 마음에 나온 안도였다. 하지만 민규의 표정은 황순구와 반대였다. 황순구가 그걸 보았다. 어쩐지 불안한 느낌이 왔다.

"예은아, 카드 부탁해."

민규가 예은이를 바라보았다. 예은이 서두르다가 카드를 떨어뜨리고 말았다. 바람만 불어도 웃는 아이들. 그걸 보고는 배꼽을 잡고 웃었다. 예은이 카드를 집어 들었다. 카드의 단어가 황순구의 눈을 박차고 들어왔다.

「새우」

…가 아니었다.

거기 쓰인 단어는 「해초」였다. 그러니까 바다풀.

장우가 이긴 것이다.

"……?"

아이들의 표정은 굳어 있었다. 황순구의 답은 틀렸다. 하지만 장우의 답 역시 해초는 아니었다. 그래도 똑똑한 아이가 있었다.

"장우가 맞힌 거야. 해초는 바다풀이야? 그렇죠? 원장님?"

아이가 황미순에게 물었다. 황미순은 '쉿' 하는 표정으로 민규를 바라보았다. 황순구도 그랬다. 그가 느낀 맛은 거의 새우였다. 물론 약간의 이상은 있었다. 그러나 밀쌈 속에는 다른 맛이 아홉 가지나 들었던 것. 해초라는 생각조차 할 수 없었다.

"바다풀은 해초입니다. 그러니까 이 미식왕 게임의 왕은 조장우입니다."

민규가 선언했다.

"와아아!"

아이들은 마치 자신들이 이긴 것처럼 팔딱팔딱 뛰었다.

"이 셰프님."

황순구가 민규를 쳐다보았다. 아이에게 지는 건 상관없었다. 하지만 이유를 알고 싶었다.

"이 새우……."

민규가 쪄낸 새우를 들고 나왔다.

"먹어보시죠."

황순구에게 넘겼다. 황순구가 음미를 했다.

"……!"

미각과 촉각이 곤두섰다. 새우는 새우인데 '진짜' 새우라고 하기 어려운 맛이었다.

"이 새우는 바다풀 해초로 만든 새우입니다. 그러니 장우가 이긴 거지요. 미식가 선생님도 찾기 어려운 맛을 장우가 찾아 냈네요. 미식 천재 조장우에게 박수 한번 부탁합니다."

"장우야!"

민규의 선언과 함께 아이들이 몰려나왔다. 왕따에서 스타로. 민규의 프로젝트는 대성공이었다.

"장우야, 너무 잘했어."

"열 개나 맞혔어. 장우가 최고야."

아이들은 장우를 둘러싸고 목소리를 높였다.

황순구는 새우 맛을 다시 보았다.

"……!"

그제야 알 것 같았다. 새우 맛 끝에 해초의 느낌이 남아 있었다. 그러나 구분해 내기 어려운 일. 지금이야 정답을 알고 있으니 가능하지만 다시 감상해도 쉽지 않을 게 분명했다.

'허어.'

심심풀이 이벤트 정도로 생각했던 황순구. 장우의 미각 능력에 넋을 놓고 말았다.

"장우야."

황순구가 장우 손을 잡았다.

"네."

"너, 음식 재료 맛 맞히는 거 아무 데서나 가능해?"

끄덕.

"그거 선생님하고 같이 방송에서도 할 수 있을까?"

끄덕.

"좋아. 그럼 오늘 식사 끝나면 부모님 뵈러 가자. 이런 재주는 방송에서 널리 알려야 해. 괜찮을까?"

"네!"

장우가 대답했다.

"얘들아, 장우가 텔레비전에 나온대."

예은이 손나팔을 만들어 소리쳤다.

"와아아, 장우는 좋겠다."

아이들은 마당이 무너져라 발을 굴러댔다. 민규와 시선이 마주친 장우가 배시시 웃었다. 폭삭 가라앉았던 장우의 기가 작은 어깨 위에 강철처럼 올라와 있었다.

'그렇다면 이제는 반영자 할머니 차례.'

민규의 시선이 할머니에게 돌아갔다.

"물 왜 안 드셨어요?"

VIP 테이블 앞에서 민규가 물었다. 다른 어르신들의 물은 입 마름을 막아주는 조사탕에 요수 등이었지만 할머니의 물은 그냥 생수였다. 생각이 있어 약수를 주지 않았던 것.

"일없어. 참기름이나 좋은 거 있으면 한 잔 주든가."

말든가…….

할머니 표정이 그랬다. 위장과 목에 혼탁이 있었다. 비장도 좋지 않았다. 비장의 증거는 얼굴에 있었다. 얼굴이 누렇게 뜬 것이다.

"장우야, 할머니 참기름 좀 따라줄래?"

앞에 앉은 장우를 시켰다. 장우가 일어나 기름을 따랐다. 장우는 이제 더 이상 움츠리지 않았다. 할머니, 종지의 참기름을 원샷으로 비워냈다. 그걸 본 장우가 몸서리를 쳤다. 기름을 먹는 사람, 장우로서는 처음 보는 일이었다.

"할머니는 밥도 기름에 말아 먹고, 반찬도 그런다면서요? 기름을 그렇게 먹으면 몸에 해로워요."

"나는 이게 편해. 그러니까 그 약선요리인지 뭔지 줄 때도 내 건 참기름 두어 잔 부어줘."

"……."

"아니면 맛이 없어."

"그러죠 뭐. 일단 차부터 한잔하실까요? 차미람."

민규가 차미람을 불렀다. 차미람은 미리 준비해 둔 귀비탕 한 잔을 내려놓았다.

"장우야, 또 부탁해."

민규가 장우 머리를 쓰다듬었다. 장우가 기름을 부었다. 할머니는 양이 마음에 안 드는지 병을 받아 더 부어버렸다.

쩝!

보통 사람이라면 보는 것만으로도 속이 메슥거리고 니글거릴 수준이었다.

귀비탕은 생각이 과도한 사람에게 좋았다. 익기보혈에 건비양심. 그러나 참기름이 반이니 의미가 무색할 지경……

귀비탕을 마시려는 할머니를 민규가 말렸다.

"잠깐만요."

"왜?"

"혹시 이거 아세요?"

민규가 꺼낸 건 매실이었다.

"매실이잖아?"

할머니가 까칠하게 응수했다. 이때까지는 영락없는 할매미였다. 비속어라 사용하고 싶지 않지만 생각이 나는 것까지는 어쩔 수 없었다.

"그럼 이건요?"

"솜털?"

"맞아요. 할머니 목에도 이런 게 있네요. 기도가 답답하죠?"

"응?"

민규가 족집게처럼 맞히자 할머니가 고개를 들었다.

"병원은 가보셨어요?"

"그까짓 병원… 요즘 의사들이 의사야? 사진 찍고 피검사

해도 이상 없다고 스트레스라고 하데? 입만 벙긋하면 스트레스라지. 사람 몸 고달픈 줄은 모르고……."

"할머니 목에 이런 게 걸려서 그래요. 이게 담이 뭉친 건데 신경을 많이 쓰면 생길 수 있어요. 음식을 삼킬 때마다 딱 이런 게 목에 있는 거 같죠? 매실 씨앗이 걸린 거 같다고 해서 한방에서는 매핵기라고 해요."

"매 새끼?"

"풋!"

장우가 웃음을 뿜었다.

"매 새끼가 아니고 매—핵—기요."

"그래서 뭐?"

"매핵기는 목의 점막에 뭉친 담을 풀어주면 시원하게 없어져요."

"수술이라도 하라는 거야?"

"아뇨. 그냥 제가 해드리는 약선요리를 먹으면 됩니다. 재료는 이겁니다."

민규가 식재료 바구니의 보자기를 열었다. 멥쌀과 멥쌀죽물, 황기, 무씨와 모과, 그리고 생강… 재료의 전부였다.

너무 소박하다.

"이걸로 내 목에 걸린 담을 고친다고?"

할머니의 눈에는 의심이 가득했다.

"그럼요."

민규의 요리가 시작되었다. 황기와 무씨는 술에 살짝 담근 후에 볶아서 가루를 냈다. 모과는 이미 푹 쪄진 상태. 그걸 갈아 생강과 꿀을 더해 진하게 달였다.

죽물에는 상지수와 열탕, 천리수를 썼다. 기를 북돋고 고질병을 잡기 위한 구성이었다. 죽이 끓자 황기와 무씨가루를 넣었다. 모과 달인 물도 함께 넣었다. 불을 줄이고 느긋하게 저었다.

황기와 무씨는 기를 올리는 약재였다. 술에 적신 건 모과의 약효를 목으로 보내려는 조치였다. 매핵기를 잡을 메인 헌터는 모과. 꿀과 생강으로 약효의 시너지를 올렸으니 미세한 병의 치료를 돕는 천리수와 더불어 목의 매실 씨앗(?)을 사냥할 기세가 되었다.

마지막으로 잣가루와 국화 꽃잎 몇 장을 올려 첫 요리를 완성시켰다. 풍미는 못 견디게 푸근했으니 장우가 꼴깍 침을 넘겼다.

"장우는 조금만 기다려 주세요."

당부를 하고 할머니와의 대화를 이어갔다.

"드셔보세요. 담이 내려갈 겁니다."

—약선황기무씨모과죽.

모락모락 피어오르는 향이 향긋하니 좋았다. 모과 때문이었다. 그 향이 할머니의 후각을 자극했다. 후각은 바로 미각으로 전이되었다. 꼴깍, 할머니 목젖에도 반응이 오는 게 보였다.

"참기름 몇 숟가락 넣으면 안 될까?"

할머니의 미련이 작렬했다.

"그거 드셔보시고 안 나오면 양껏 넣어드리겠습니다."

"알았어. 그 약속, 잊으면 안 돼."

할머니가 식사를 시작했다. 식사로는 그녀가 1번 타자였다. 죽은 떨떠름하게 넘어갔다. 참기름이 없기 때문이었다.

참기름, 참기름…….

할머니 심장 속에서 유혹이 메아리쳤다.

"어떠세요?"

죽이 비워지자 민규가 물었다.

"아직 그대로야. 목이 갑갑해."

"……."

"죽은 맛나네. 죽 한 그릇 더 주고 약속대로 참기름 듬뿍 뿌려줘."

할머니가 빈 그릇을 내밀었다. 민규 눈자위가 살짝 구겨졌다. 할머니의 목에는 혼탁이 없었다. 그럼에도 이물감을 느끼는 건 참기름에 대한 집착 때문이었다. 그 생각이 간절하니 목의 이물감이 여전한 것이다.

"알겠습니다. 드릴 테니까 이것부터 마시십시오."

두 번째 처방이 나갔으니, 석웅황에 박하를 넣은 차였다.

"참기름은?"

할머니가 울상을 지었다. 민규가 몇 방울을 보태주었다. 흐뭇해진 할머니가 차를 마셨다.

"읍!"

오래지 않아 할머니가 헛구역질을 쏟았다.

"이거 왜 이래?"

"나쁜 거 아닙니다. 계속하세요."

"계속하라고? 남은 아파서 죽겠… 읍!"

경련하는 할머니 입에서 뭔가가 튀어나왔다. 그걸 받아 든 할머니가 파랗게 질려 버렸다. 액체 속에서 벌레처럼 생긴 두툼한 머리카락이 딸려 나온 것이다.

"이제 됐군요."

민규가 웃었다.

"되다니? 이게 뭐야? 내 배에서 나온 거야?"

"언젠가 참기름 먹을 때 들어간 머리카락일 겁니다."

"참기름?"

"목의 이물감 때문에 참기름을 너무 마셨어요. 마시면 속이 편하고 안 마시면 몸이 아팠죠? 그때 머리카락이 딸려 들어가 문제를 일으켰네요. 발가(髮瘕)라고 하는 병인데 그 스트레스 때문에 비장을 해쳐서 살도 아프고 배도 더부룩하고… 누워 있어야 편했을 겁니다."

"웜매, 그건 또 어떻게 알았대? 아주 족집게네, 족집게."

"이제 참기름도 안 땡기고 목도 편해졌을 겁니다. 그렇죠?"

"응?"

할머니가 침을 넘겨보았다. 시원했다. 성가심이 사라진 것이다.

"참말로 괜찮네?"

할머니 표정이 환하게 변했다.

"참기름 편식을 계속했으면 비장을 쳐서 몸이 아주 망가졌을 겁니다. 제아무리 고소한 참기름이라도 편식은 안 좋지요."

"세상에, 그게 머리카락 때문이었어?"

"이제 죽 한 그릇 더 드세요. 진액과 기를 좀 보충하셔야 합니다. 기름이 필요하면 몇 방울만 떨구시고요."

민규가 죽을 떠주었다. 참기름병도 옆에 놓아주었다. 할머니는 큼큼 냄새를 맡고는 죽을 먹기 시작했다.

"워메, 희한하네? 참기름 생각이 안 나. 죽도 더 맛나고."

할머니가 어르신들을 향해 소리쳤다. 극한 편식 할머니의 참기름 편식 시대가 막을 내리는 순간이었다.

조장우.

이제는 의젓하게 앉아 있다. 주변의 평가가 사람을 만든다. 아이도 다르지 않았다. 눈빛도 초롱하고 표정도 밝았다. 까탈 입맛에서 미각 천재로 변신한 조장우. 그 2탄을 시작하는 민규였다.

"장우야."

"네."

"아까는 대단하던데?"

"헤헷!"

장우가 의자에 앉은 채 다리를 흔들었다. 다리는 허공에서 저 홀로 그네를 탔다.

"다들 장우의 미각이 마법사급이라고 하지?"

"네."

"내가 친구들에게 보여줄 마법 하나 더 알려줄까?"

"정말요?"

"그럼. 마법사가 되었으니 마법 한번 부려봐야지."

"어떤 마법인데요?"

"이거 어때?"

민규가 채소 바구니를 보여주었다. 당근, 피망, 시금치, 연근, 양배추, 무, 파, 우엉, 호박 등등… 아이들이 그닥 좋아하지 않는 채소와 근과류들의 총집합이었다.

"친구들이 이런 거 별로 안 좋아하지?"

"네."

"그런데 이런 것들이 몸에 굉장히 좋거든. 선생님들하고 부모님이 그렇게 말하지 않아?"

"말해요."

"좋으니까 말하는 거겠지. 만약 안 좋으면 뭣 하러 어른들이 입을 맞춰서 말하겠어. 어른들도 입 아프거든."

"……."

"그건 이해하지?"

"네."

"이런 식품에서 나는 냄새… 장우는 잘 알지?"

"네. 쓴맛, 신맛, 매운맛, 떫은맛, 풀 냄새, 아린 냄새, 노린
내, 비린내……."

장우가 폭주했다. 과연 미식 천재다웠다. 지상에 존재하는
거의 모든 맛을 나열하는 것이다.

"그런데 이 맛을 다 합치면 무슨 맛이 될까?"

"모르겠어요."

장우가 고개를 저었다. 알 리가 없다.

"너희 유치원에서 얼마 전에 연극 공연 했다며? 그때 장우
도 나갔다지?"

"네, 백설공주와 일곱 난쟁이인데 저는 여섯 번째 난쟁이였
어요."

"그때 무대에 비친 조명 있었지. 그거 신기하지 않았어? 사
람들도 더 멋있게 보이고……."

"맞아요. 우리 엄마도 내가 멋져 보인다고 그랬어요."

"그 조명은 빨강, 초록, 파랑이거든. 그걸 다 합치면 무슨 색
이 될까?"

"그것도 모르겠어요."

"답은 하양, 신기하지?"

"정말요?"

"그럼. 선생님이 왜 거짓말을 하겠어? 집에 가서 엄마에게 물어봐도 좋아."

"와아."

"그런데 채소도 그런 마법을 부릴 수 있는데."

"어떻게요? 채소는 조명이 아니잖아요?"

"채소는 맛으로 마법을 부리지."

"맛으로?"

"이 채소들 맛 말이야 쓴맛, 풀맛, 떫은맛, 노린내 등이 있지만 다 합치면 단맛으로 변하거든."

"거짓말."

"아니, 조명을 합치면 흰색이 되듯, 채소도 합치면 단맛이 되는 거야. 하느님이 그렇게 만들었거든."

"……?"

"장우가 한번 해볼래? 그래서 친구들에게 알려주면 굉장히 좋아할 거 같은데? 장우 인기도 더 올라가고."

"정말 단맛이 돼요?"

"그럼. 내가 약속할게."

"어떻게 하는데요?"

"다 합쳐서 찌면 돼. 아주 간단하지? 기름을 살짝 뿌려서 찌면 바삭해지기도 하지."

"우와, 저 해볼래요."

장우가 의욕에 불타올랐다.

바로 준비에 돌입했다. 앞치마와 모자를 씌우고 요리대 앞에 세웠다. 입김이 센 예은이도 보조로 붙였다. 둘은 고사리손으로 근과류와 채소를 썻어 찜통에 담았다. 민규는 아무 조작도 하지 않았다. 심지어 찜솥 안의 물에 초자연수도 소환하지 않았다.

맛은 정직하다. 여기서 아이들을 먹이는 건 하나도 어렵지 않지만 집과 유치원에서도 먹어야 할 식재료들. 그렇기에 순수한 본래의 맛을 알려주려는 것이다. 미식왕 게임으로 긴장이 풀린 예은이도 채소에 거부감을 보이지 않았다.

민규가 내준 건 오직 올리브오일뿐이었다.

찜통에 김이 올라왔다. 장우와 예은이가 채소를 찜통에 넣었다. 기름도 둘이 같이 뿌렸다.

"헤엣!"

작업을 마친 둘은 서로를 바라보며 배시시 웃었다. 이마에는 땀까지 송글 맺혀 있다. 자기 힘으로 뭔가를 하는 아이들은 언제 봐도 귀엽다.

20분 후.

땡!

타이머가 울렸다.

"자, 이제 확인해 볼까? 장우는 뚜껑을 열고 예은이는 눈 감고서 냄새 확인."

장우와 예은이의 등을 밀었다. 두툼한 벙어리장갑을 낀 장
우. 상기된 얼굴로 찜통 뚜껑을 열었다. 달가당, 소리와 함께
채소의 자태가 드러났다.

"우와!"

담백한 풍미에 놀란 예은이가 두 눈을 번쩍 떴다. 찜솥 안
의 채소와 곡류는 질박한 맛 덩어리로 변해 있었다.

"시식 개시."

두 아이에게 앞접시와 포크를 내주었다.

"부드럽고 달아요. 채소가 아닌 거 같아요."

장우의 평이 나왔다. 미식 천재의 말이니 예은이 그대로 믿
었다. 그녀도 시식에 돌입.

"정말 단맛이 나."

예은이도 소리쳤다.

"얘들아, 이리 와봐. 장우가 요리를 만들었어. 채소로 만들
었는데 맛이 달아."

예은이가 손나팔을 불었다. 아이들이 우르르 달려와 채소
찜을 먹었다. 평소와는 달리 경쟁적이었다. 그걸 본 민규가 웃
었다. 황미순 원장도 고개가 부러져라 턱을 끄덕거렸다.

돌아보면 고난도의 과정이었다. 일단 놀이로 접근해 아이들
의 군중심리와 경쟁심을 부추겼다. 처음 요리는 만두로 재료
를 감추었다. 하지만 점점 재료 공개 쪽으로 돌았다. 결국에

는 채소를 그대로 보여줘도 거부감을 갖지 않는 아이들. 아이들의 편식은 저만치 멀어진 후였다.

"장우가 한 채소요리 어때요?"

민규가 아이들에게 물었다.

"맛있어요."

"장우가 요리사예요."

"아니야, 장우는 미식 천재."

아이들이 소리쳤다.

"어때요? 이제 채소 잘 먹을 수 있겠죠?"

"네에!"

아이들은 목청이 터져라 외쳤다. 얼굴이 상기된 장우에게 엄지를 세워주었다. 마법이 아니라고 할 수 없는 순간이었다.

이 마법의 정체는 '마이야르' 반응이었다. 오일을 이용해 채소요리를 하면 발생한다. 고기를 구울 때도 생긴다. 뜨거운 오일은 채소 표면의 수분을 빠르게 증발시키는 작용을 한다. 그렇게 되면 채소의 표면은 바삭해지고 속은 촉촉해진다. 나아가 채소의 풍미가 올라가 단맛과 담백함이 강해진다. 장우의 채소에서 단맛이 나는 것. 누구나 할 수 있는 비법일 뿐이었다.

요리가 나오기 시작했다. 차미람과 친구들은 우아하게 움직였다. 무료로 먹는 손님이라고 허투루 하지 않았다. 민규의 생각처럼 테이블의 모두는 왕이었다.

황기—죽엽—서목태콩죽이 세팅되었다. 구기자—죽엽—방풍죽 역시 뒤를 이었다. 지휘는 종규가 맡았다. 요리의 마무리쯤에 민규가 주방을 방문했지만 참견하지 않았다.

그렇다고 방관은 아니었다. 둘은 마치 궁중요리 대회의 결선을 치르는 각오로 임했다. 설령 세기와 내공이 부족했을 수는 있지만 실수나 소홀함은 없었다.

"이야하! 간이 딱 맞아."

"어이쿠, 내 입에 딱이구낫!"

"이거… 이거… 나 어릴 때 할머니가 끓여주던 그 맛일세."

어르신들 입에서 폭풍 감탄이 밀려 나왔다. 약선죽은 몸이 먼저 알았다. 그렇기에 세팅하기 무섭게 숟가락을 드는 어르신들이었다.

거기서 민규의 시선이 반짝 빛을 발했다. 예정에 없던 김 때문이었다. 들기름에 붉나무소금을 뿌린 민물 김은 바삭한 식감이 유리종이처럼 느껴질 정도였다. 그걸 내려놓은 종규가 민규를 바라보았다. 민규는 끄덕, 공감의 고갯짓으로 지지를 해주었다. 이 테이블의 주관 셰프는 종규. 그가 필요하다면 뭐든 보탤 수 있었다. 더구나 김 가루는 대다수가 좋아하는 재료가 아닌가?

다음은 재희 쪽이었다. 아이들은 목을 빼고 요리를 기다렸다. 아이들 테이블에 세팅된 건 황기—마—호두—죽. 고소하기가 과자보다 더했으니 아이들은 옥침을 닦느라 바빴다.

　재희도 지시만 따른 게 아니었다. 죽 위에 올라간 고명에서 황금빛이 돌았다. 대추였다. 찐 대추 살을 후추알 크기로 뭉쳐 금박을 입혀낸 것. 민규의 상지수 코팅법에 미칠 바는 아니었지만 아이들을 감동시키기에는 충분하고도 남았다.

　'짜식들……'

　민규가 웃었다. 역시 실전이었다.

　다음으로 세팅된 요리에 박수와 환호가 쏟아졌다.

　―소고기+토마토+목이버섯+구기자에 각종 채소를 넣은 소방.

　―삽주에 석창포를 더한 약선설기.

　―흑임자호두강정.

　―쑥단자, 유자단자, 대추단자 삼총사.

　―단호박양갱, 오미자양갱, 청포도양갱, 박하양갱.

　세팅이 끝나고 보니 어느 만찬에도 빠지지 않을 구성이었다.

　"이거 이제는 이 셰프 제자들도 못 당하겠구만. 스타의 제자들도 스타야."

　황순구와 함께 요리를 받아 든 박세가가 웃었다.

　"별말씀을… 선생님 제자님들 덕분에 겨우 치르게 되는 행사입니다. 매사가 처음이 중요한 것이니 그분들의 요리가 좋았기에 좋은 결과가 나왔습니다."

민규의 답이었다.

"저는 아직도 뜨끔합니다. 조장우 저 꼬맹이… 정말 신의 미각이라고 해야 할 것 같아서요."

황순구의 몸서리는 아직도 끝나지 않았다.

민규가 아이들을 바라보았다. 장우는 아이들과 어울려 설기를 먹고 있었다. 아이들은 매 요리마다 장우에게 맛을 물어댄다.

"무슨 맛이야?"

"또 뭐가 들었어?"

그때마다 장우는 정답을 내놓았다. 어제까지만 해도 놀림의 대상이었던 미각. 이제는 아이들의 우상이 되고 있었다. 민규, 편식을 고친 게 아니라 아이의 일상까지 고쳐준 것이다.

어르신들의 후식은 구기자양갱에 박하차를 내주었다. 박하는 끓이지 않는다. 박하는 열에 약해 끓이면 성분이 날아간다. 그저 70도 정도의 찻물에 우려서 사용하면 된다.

박하는 족보 있는 구강청결제다. 두통과 피부병에도 효과가 있고 위와 장까지 튼튼히 해주니 조상님들이 그냥 넘겼을리 없다. 구강건강을 위해 박하잎 우린 물을 양치에 사용했던 것.

그걸 눈치챈 현대의 사람들이 박하사탕을 만들었다. 하지만 박하차와 달리 박하사탕은 입 냄새 제거에 효과를 기대하기 힘들다. 박하 성분이 너무 조금 들었고 당분이 많은 까닭에 오히려 침이 마른다. 충치도 생길 수 있다.

"그럼 지금부터 확인에 들어가겠습니다."

후식까지 끝나자 종규가 어르신들 앞에 섰다. 종이컵을 하나씩 나눠 주었다. 어르신들은 이미 유경험자. 그러나 막상 체크를 하려니 살짝 긴장이 되는 모습들이었다.

후우!

음주 음전 체크하는 기분으로 입김을 불었다. 일부는 그대로, 또 일부는 돌아서서 냄새를 확인했다.

"냄새가 안 나?"

"나도 그런데?"

어르신들의 합창이 나왔다. 몇몇은 서로의 컵을 교환해 가며 냄새를 맡았다. 종규 역시 맨 처음 확인한 어르신의 컵을 확인했다.

"……!"

괜찮았다. 코를 쏘던 악취가 사라진 것이다. 예은이도 그걸 확인해 주었다.

"나쁜 냄새가 없어요."

무엇보다 예은이의 말이 증명서가 되었다.

"애기야, 내 것도 확인 좀 해줄래?"

할머니 하나가 예은이를 불렀다.

"할머니 것도 괜찮아요."

예은이가 인증을 했다.

"워메, 인자 우리 할배하고 뽀뽀해도 되겠네?"

할머니가 박장대소하며 좋아했다.

"아하하핫, 뽀뽀래."

아이들이 폭풍처럼 웃었다.

구취 어르신들과 편식 아이들에 대한 일일 봉사. 대성공으로 막을 내리게 되었다.

돌아가는 편에 선물을 쥐여주었다. 아이들에게는 신장에 좋은 검은콩과 흑임자강정이었고 어르신들에게는 폐에 좋은 잣설기였다.

"아이고. 잘 먹고 호강하고 가는데 무슨 선물까지?"

어르신들은 눈물을 글썽거렸다. 그리고 끝내 사고까지 치고 말았다. 누군가 주동이 되어 돈을 각출한 것이다. 그 봉투를 어르신 대표가 내밀었다. 봉투 안에 든 건 꼬깃꼬깃한 쌈 짓돈들이었다. 한 명이 2만 원씩 냈으니 거금 100만 원. 넉넉한 사람들의 1억 못지않은 100만 원이었다.

"고맙습니다."

흔쾌히 받았다. 어차피 작정하고 걷은 돈. 어르신들의 체면이 있으니 사양해 봐야 먹히지도 않을 일. 대신 다른 방법을 찾았다. 돈을 조금 더 보태 요양원과 경로당에 후원금을 준 것이다. 그것과 그것은 성격이 아주 다른 일이기 때문이었다.

"아이고, 고마워요, 젊은 셰프 양반."

어르신들은 이구동성이었다. 요리보다 맛난 정이 오가는 현장이었다.

"차미람 대표."

박세가와 황순구까지 돌아간 후, 마당의 테이블을 정리하는 차미람을 불렀다.

"네, 선배님."

"테이블 세 개는 남긴다."

"알겠습니다."

"다 치우고 식사 대형으로 모여 앉는다."

"우와, 저희들 간식 주시게요?"

"간식이라니? 제대로 한 상 차려주마."

"정말이죠?"

"재희하고 종규도 할머니 모셔다가 쉬고 있어라. 이제부터는 내가 맡는다."

민규의 한마디가 좌중을 압도했다. 그 카리스마가 주방으로 옮겨 가더니 요리가 되었다.

궁중황금칠향계가 나오고 약선산야초초밥이 나왔다. 요리가 끝날 때쯤 초록빛이 아스라한 쑥단자에 오미자차까지 나오니 훌륭한 뒤풀이가 되었다.

"으악, 황금칠향계!"

차미람과 친구들이 경기를 일으켰다. 재래닭의 변신은 무죄. 닭은 고귀한 황금 피부를 번쩍이며 구미를 당겨놓았다. 일이 끝났으므로 차만술이 협찬해 준 민속주도 두 병 더해놓았다. 그 술을 차미람과 친구들에게 따라주었다.

"개업 축하 파티다. 언제 다시 만날지 모르니 기회 있을 때 하자."

민규가 잔을 들었다. 느닷없는 축하연에 차미람과 친구들 가슴이 먹먹해졌다. 너무 많은 것을 도와준 절대 멘토 이민규. 관심을 가져주는 것만 해도 고마운 마당에 '축하 만찬'까지 차려주니…….

"선배님……."

"날마다 도전. 그 마음으로 매진하면 좋은 결과가 나올 거다. 다른 후배들에게 등대가 될 수도 있고."

"……."

"잘할 수 있지?"

"네. 저희들, 선배님의 후배로서 부끄럽지 않도록 열심히 하겠습니다."

차미람이 대표로 말했다.

"그 말을 가슴의 청동판에 깊이 새겨라. 나태라는 친구가, 자기합리화가, 자아도취가 얼씬도 하지 못하도록."

"네에!"

"자, 그럼 차미람과 친구들의 새 출발을 위해."

땡!

두툼한 질그릇 술잔이 허공에서 부딪쳤다. 차미람의 의지

만큼이나 묵직한 소리였다. 술 한 모금을 넘기며 민규는, 진심
으로 바랐다. 차미람의 도전이 성공하기를. 그리하여 취업에
목매며 교수들과 시스템의 처분만 바라는 취업 구멍에 하나
의 활로가 되기를. 무엇보다 취업 지옥의 청년들에게 속 시원
한 사이다의 희망이 되기를…….

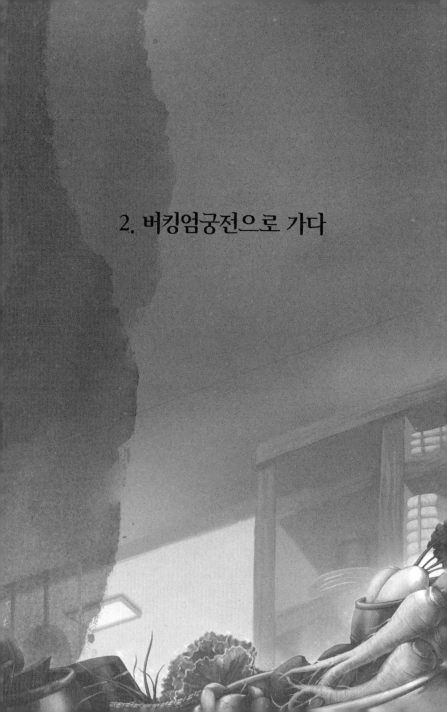

2. 버킹엄궁전으로 가다

"오늘 하루 어땠냐?"

이제는 초빛 가족만 남은 시간, 민규가 재희와 종규에게 물었다.

"너무 보람 있었어요. 처음에는 긴장이 되기도 했지만⋯⋯."

볼을 붉힌 재희가 말을 이어갔다.

"편식 교정이라는 거 완전 살 떨리는 일이더라고요. 애들이 과연 먹어줄까, 말까⋯⋯."

"⋯⋯."

"셰프님은 전에 이 일의 전문가였다면서요? 진짜 존경스러워요."

"전문가가 아니라 막장이었지. 그 출장요리 회사 실적 판에서 꼴찌를 단골로 먹었어."

"정말요?"

"맞아. 우리 형, 진짜 고민 많이 했어. 어떨 때는 보기 딱할 정도로."

옆에 있던 종규가 웃었다. 지금은 웃지만 그때는 종규도 마음이 아팠다. 폐동맥고혈압으로 제대로 일어서지도 못할 때였다.

"믿기지 않아요. 셰프님은 처음부터 요리 천재였을 거 같아요."

재희가 고개를 저었다.

"얘가 이래요. 나보고도 할머니는 태어났을 때부터 할머니였을 거 같다고 하더니……."

황 할머니도 대화에 들어왔다.

"할머니, 그건 농담이었어요."

재희가 급수습에 들어갔다.

"농담? 그게 농담이냐? 늙은이 가슴에 비수를 찌르는 거지."

"어머, 할머니 마음 상하셨나 봐요. 죄송해요."

"오냐. 너도 늙어봐라. 세상 서러운 게 나이 먹는 거다."

할머니의 유쾌한 뒤끝 작렬에 민규와 종규가 배를 잡고 웃었다.

"그건 그렇고… 여권 준비들은?"

민규가 물었다. 영국행이 코앞이었다.

"저는 완료예요. 아빠가 영국 달러도 선물로 주셨어요."

재희가 소리쳤다.

"야, 너는 지금 놀러 가냐? 영국 달러가 왜 필요해?"

종규가 핀잔을 날렸다.

"그건 아니지만 주는 걸 어떡해? 가서 셰프님께 민폐 끼치지 말라고……."

"쳇, 아빠 없는 사람 서러워 살겠나?"

"힝, 오빠 부럽구나?"

"부럽긴 누가 부럽냐? 너는 우리 형 같은 오빠 없잖아?"

"어우, 꼭 말을 그렇게 하냐?"

재희가 입술을 실룩거렸다.

"이모는요? 여권 있다고 하셨죠?"

민규가 황 할머니를 돌아보았다.

"있긴 하지. 그런데 어디 처박혔는지 모르겠어. 몇 년 전에 동네 친목회에서 일본 온천 간다고 만든 후에 써먹지를 않아서……."

"챙겨놓으라고 했잖아요."

"나? 내가 왜?"

"왜라뇨? 이모는 우리 팀 아니에요?"

"그럼 시방 나도 영국에 델꼬 가는 겨?"

"그럼요. 이모도 우리 초빛 팀이라니까요. 영국 왕세자가 초청한 것도 우리 초빛 팀이고요."

"아유, 말도 안 돼. 이 늙은이가 가서 뭐 하게?"

"그럼 여기서는요? 나물 밑반찬이며 장 관리며 다 이모가 하고 있잖아요?"

"그거야 그렇지만……."

"당장 가서서 여권 찾아놓으세요. 다른 것도 아니고 여왕 폐하 생일상입니다. 가뜩이나 일손이 모자랄 판에 이모가 안 가면 우리도 못 갑니다."

"세푸……."

"가서서 한국의 밑반찬하고 장맛을 보여줘야죠. 우리는 바빠서 그거까지 관리할 시간 없습니다. 이모가 안 가서 우리 요리의 인기가 떨어져도 좋아요?"

"그건 안 되지."

"그러니까 준비하세요. 영국은 우리나라하고 날씨가 비슷하니까 거기 맞춰서 옷도 한두 벌 챙기시고요."

"아유, 나는 영어도 못하는데……."

"뭘 못해요? 할머니 예스, 노, 땡큐는 잘하잖아요?"

재희가 튀어나왔다.

"그거 가지고 돼? 그래도 세푸만큼은 해야지."

"쳇, 그럼 우리도 못 가네요. 우리도 셰프님만큼은 못 하거든요."

"진짜로 내가 가는 겨? 가도 되는 겨?"

"영국 별거 아니에요."

민규가 황 할머니를 안심시켰다.

"그래도 여왕님이 사는 궁전이라며… 아이고, 옛날로 따지면 임금님이 사는 곳인데 나 같은 늙은이가 들어가도 될까?"

"여왕님이 초청한 거라니까요."

"아유, '가심'이 막 벌떡거리네. 내가 영국에 다 가게 되다니……"

"자자, 됐으니까 할머니랑 재희는 빨리 퇴근."

민규가 둘의 등을 밀었다.

"아유, 영국… 영국엘 간다고?"

할머니는 몇 번이고 중얼거리며 도로로 나갔다. 긴장이 되면서도 좋은 모양이었다. 민규의 인정 때문이었다. 팀원으로 인정해 주니 그보다 뿌듯한 일이 없었다. 남의집살이 수십 년 만에 처음으로 받는 가족 대우였다.

"셰푸!"

도로로 나가던 할머니가 걸음을 멈췄다.

"왜요?"

"고마워."

할머니가 두 손을 흔들었다.

"조심히 가시고 여권 꼭 챙겨놓으세요."

민규가 답했다. 할머니만큼 뿌듯하기는 민규도 다르지 않았다.

"아, 드디어 영국엘 가는구나?"

종규도 설렘을 감추지 않았다.

"좋냐?"

"그럼 안 좋아? 게다가 왕세자가 자가용 비행기까지 보낸다며?"

"그만큼 책임도 크다는 걸 알아야지."

"앗, 그렇네?"

"종규야."

"왜? 시킬 거 있으면 말만 해. 밤을 새워서라도 준비해 놓을게. 생일 선물로 드릴 감국차는 확인 끝났고 유기농 재료도 넉넉히 세이브 해뒀거든."

"유기농 재료?"

"여왕과 왕족들이니까. 그런 사람들은 유기농만 먹지 않을까?"

"그것도 좋지만 따로 준비할 게 있다."

"뭔데?"

"너 직무대리라는 말 아냐?"

"직무대리?"

"그러니까 대통령이 유고 시에는 국무총리가, 총리까지 유고 시에는 외무부장관이 권한을 행사하는 거 말이야."

"갑자기 웬 대통령?"

"내 말은 우리도 유사시에 대한 대비가 필요하다 이거지.

즉, 내가 부득이 요리하기가 어려워지면 네가 해야 한다는 거다. 네가 우리 초빛의 수석 부셰프니까."

"형……."

"시스템이라는 거다. 아니면 매뉴얼? 영국까지 가서 누구 하나 없다고 요리 자체를 포기할 수는 없잖아?"

"그건 그렇지만……."

"말이 많다. 알았나? 수석 부셰프?"

"예, 셰프!"

종규가 얼떨결에 소리쳤다. 그렇게 생각하니 책임감이 무거웠다. 희희낙락 비행기를 기다릴 때가 아닌 것이다. 민규의 의도도 그것이었다. 민규를 믿는 건 좋다. 그러나 그렇게 되면 긴장감이 떨어진다. 만약을 대비한 차선책. 그것으로 종규의 경각심을 일깨우는 민규였다.

그때 차량 한 대가 들어왔다. 아침에 보았던 그 농장 주인이었다.

"누구?"

민규가 종류를 바라보았다.

"아침에 왔던 분인데 유기농 하신대. 샘플 놓고 갔었는데 너무 바빠서 형한테 말 못 했어."

"그래?"

대화하는 사이에 농장 주인이 다가왔다. 여전히 열 살 딸을 데리고 있었다.

"이민규 셰프님, 뵙게 되어 영광입니다."

농장 주인이 꾸벅 고개를 숙였다.

"안녕하세요?"

딸도 아빠를 따라 인사를 해왔다.

"특급 호텔 납품이 다 끝나서 말이죠. 우리 유기농이 좀 인기가 있거든요."

농장 주인이 착하게 웃었다. 멜빵바지에 걷어붙인 소매. 목장갑에 신발까지 장화를 신었으니 농장 주인 분위기가 제대로 났다. 딸 역시 분위기가 비슷했다.

민규의 시선을 느꼈는지 그가 입을 열었다.

"제 딸인데요. 오늘이 개교기념일인데 아빠 돕는다고 따라나섰지 뭡니까?"

"아, 네……."

대답하는 사이에 종규가 샘플 박스를 들고 왔다.

"아침에 두고 가신 거야."

박스가 열렸다. 서목태, 토종머위, 조선오이, 토종가지, 돼지감자, 우엉, 호박 등이 나왔다. 모양은 거칠지만 성분 퀄리티는 최상이었다.

"제가 특수작물로 게욱, 열매 마, 나포마, 영채, 단삼 등을 재배하다가 폭삭 덜어먹었지 뭡니까? 그러다 남의 나라 채소보다 우리 것에 승부를 걸어봐야겠다고 생각해 밤낮없이 유기농에 덤벼들었습니다. 몇 해 고생했지만 지금은 특급 호텔

만 상대로 거래하고 있습니다. 아침에도 말씀드렸지만 이 셰프님의 약선요리가 저와 방향이 맞는 것 같아서요. 제 신념이 요리하는 셰프도 중요하지만 누가 생산한 식재료인지도 함께 부각되었으면 하는 쪽이거든요. 진정한 미식을 즐기려면 그 시작이 생산자가 되어야 하지 않을까요?"

농장 주인의 목소리에는 신념이 있었다. 인상까지 소탈하니 농사가 천직처럼 보였다.

"내가 볼 때는 괜찮던데?"

종규가 오이를 물었다. 머위도 씹었다. 민규의 여덟 판별력에도 그랬다. 오늘 쓴 재료에 버금가는 퀄리티였다.

"이 셰프님 인지도가 워낙 높으니 원하시면 재료부터 대드리겠습니다. 수금은 한 달 후에 해주셔도 괜찮습니다."

농장주의 조건도 후했다.

"아닙니다. 우리는 물건 쓰면 당일에 결제합니다. 물건은 아주 좋네요. 요즘 유기농 하기 힘든데……."

민규가 웃었다. 좋은 농사꾼을 만나는 건 행복한 일이다. 이런 사람이 없다면 좋은 요리는 나올 수 없었다.

"이야, 역시 마인드가 다르시군요. 유명해지는 데는 다 이유가 있다니까요."

"물건 써보는 거야 저희가 고맙고… 하지만 저희랑 거래를 하시려면 저희가 농장을 가봐야 하거든요."

"그거야 당연하죠. 요즘 유기농이 좀 말이 많습니까? 송희야."

농장주가 딸을 불렀다. 딸이 사진첩을 내밀었다. 오른손의 장갑을 벗은 농장주가 사진첩을 열어주었다. 한적한 산 입구에 위치한 농장이었다. 주변에 인가도 목장도 골프장도 없었다. 자리부터 제대로 잡은 거 같았다.

"언제든 연락만 하십시오. 제가 바로 안내해 드릴 테니까요."

농장주가 사진첩을 덮었다. 순간, 민규 눈이 출렁거렸다. 농장주의 손 때문이었다.

'뭐야?'

민규의 미간이 살포시 구겨졌다. 밤낮으로 농사일을 한다는 농장주, 손이 너무 고왔다. 농사꾼의 손이 아닌 것이다. 여덟 판별력을 다시 출격시켰다. 대상은 농장주였다. 그에게서는 유기농의 냄새가 나지 않았다. 그리고 보니 차도 그랬다. 사진 속의 농장에서 굴리기에는 너무 깨끗한 포스였다.

'아!'

그제야 뭔가 떠오른 민규. 잠깐 이해를 구하고 식재료 창고로 갔다. 아침에 쓰고 남은 유기농 재료들을 뒤졌다.

"……!"

민규가 동작을 멈췄다. 이 유기농은 나주상회 이영자의 소개로 받은 것이다. 아주 깐깐한 농장이었다. 그러나 물건은 확실했다. 그런데… 농장주의 물건에서 이쪽 물건의 냄새가 난 것이다. 귀신은 속여도 민규는 속일 수 없었다.

일단 나주상회 이영자에게 체크를 했다. 만에 하나, 괜한
사람을 잡으면 큰일이었다.

"거기 주인은 배달 안 나와. 농사짓기도 바쁜데 무슨 호텔
배달? 그 양반은 혼자라서 아들도 친척도 없어요."

이영자가 잘라 말했다.

"……!"

혼란이 왔다. 딸 때문이었다. 농장주의 인상 때문이었다. 그
러나 여덟 판별력을 믿는 민규. 혹시나 싶어 검색을 해보았다.

「유기농 사기」

「가짜 유기농」

몇 가지 검색어를 넣자 기사가 나왔다. 최근에 강남 럭셔리
마트에서 터진 유기농 논란이었다. 다른 기사는 별거 없기에
댓글을 살폈다. 가끔은 댓글에 귀한 정보가 있는 까닭이었다.

유기농 논쟁.

댓글부터 바짝 달아오른 팬처럼 뜨거웠다. 논점은 하나였
다. 지구상에 100% 유기농은 없다.

―썩을… 유기농이 어디 있냐? 저농약이겠지. 농사 함 지어

봐라. 국적 불명의 병충해까지 들어오는 판에 유기농? 우리 집 개가 웃는다.

―우린 유기농만 먹거든 하는 강남 싸모님들 쌤통이다. 니들이 처먹는 유기농은 우주에서 왔다냐?

―위 사람, 유기농 콩나물은 100퍼 가능하다눙.

―나 농사짓는다. 농약 안 쓰면 채소에 벌레가 덕지덕지 붙어 앙상해진다. 누가 사 먹을래?

―유기농이 몸에 좋다는 근거 있냐? 돈지랄이지.

―온실이 아닌 이상 농약 없는 농사는 불가능. 팩트다.

―유기농 농약조차 안 친 농산물이라면 현재 유기농 가격의 두세 배 받아도 적자다. 어떤 해는 수확이 제로로 나온다. 너라면 그런 농사 지을 테냐? 고로 100% 유기농은 비현실.

―찌질이들아, 우리 고모네가 유기농 한다. 가능하다. 채소와 과실 기르는데 튼실하고 때깔 곱게 자랐다. 사과나무에도 제초제 한 번 안 뿌렸는데 맛에다 모양까지 좋더라. 왜 세상을 그렇게 부정적으로 사냐?

―너네 고모는 사기꾼. 아무도 몰래 농약 쳤다에 내 손모가지를 건다.

―그 집 고모가 갓농부구나. 소개 좀 부탁한다.

―강남 부자들 돈을 합법적으로 알겨먹는 그 이름은 유기농.

―저기요, 유기농 있긴 있습니다. 흔하지 않을 뿐.

—나 농사꾼이다. 저농약은 가능해도 무농약은 불가능이다. 친환경 완전 무공해농약 만들면 바로 노벨상이다.

　민규가 찾는 정보는 이 댓글들 사이에 있었다.

　—서울 식당 주인들 조심해라. 어린 딸 데리고 다니면서 완전 유기농이라고 사기 치는 놈 있다. 나이는 40대인데 얼굴까지 순박하게 성형해서 속아 넘어간 사람 한둘 아니다. 이놈이 처음에는 진짜 유기농 사다가 납품하고 몇 번 지나면 아무거나 가져온다. 그 방면 전과 16범이더라.

　'허얼.'
　혹시나가 역시나였다. 민규의 의심의 근거가 되어주었다.
　"맛있어."
　민규가 나올 때쯤 농장주의 딸은 생당근을 먹고 있었다. 농장주가 옷에 대충 문질러 닦아준 것이다.
　"우리 애는 이렇게 먹는다니까요. 씻고 자시고 할 것도 없어요."
　농장주 역시 당근을 깨물었다.
　"저기 이거 좀 들고 따라오시겠어요?"
　민규가 샘플 박스를 가리켰다.
　"결정하신 겁니까?"

농장주가 반색을 했다. 따라오는 딸은 종규에게 맡겨두었다. 어린 딸까지 시험하고 싶지는 않았다.

"이야, 식자재 창고가 기가 막히군요. 습도와 온도에 바람까지 조절하시나 보네요?"

창고에 들어선 농장주가 너스레를 떨었다. 그 앞에 똑같은 유기농 식재료를 내놓았다.

"이거 아시죠?"

민규가 물었다.

"이게 뭐죠?"

"삼선농장이라고 유기농 전문 농장 거거든요."

"……!"

농장주의 시선이 출렁이는 게 보였다. 알은체하지 않고 계속 밀어붙였다.

"제가 식재료를 좀 구분할 줄 아는데 이거랑 그쪽 샘플이랑 똑같더라고요. 혹시 그 농장 사장님이신가요?"

"예?"

낌새를 차린 농장주의 표정이 굳어버렸다.

"그 농장 사장님은 서울에 오지 않는 분이신데……"

"아, 아니… 이 셰프님……."

농장주가 시간 벌기에 나섰다.

"그래서 여기저기 수소문 좀 해봤더니 인터넷에 이상한 글들이 있더군요. 40대 아저씨가 딸을 데리고 다니면서 유기농

사기를 치고 있으니 조심하라고······."

"나, 나는 그런 사람 아닙니다. 이건 내가 진짜로 농사를 지은······."

"농사요?"

"예, 유기농이 특허도 아니고 누구라도 지을 수 있는 거 아닙니까?"

"이런 손으로요?"

민규가 농장주의 손을 잡아챘다.

"농사꾼 손은 이렇게 매끈할 수 없습니다. 게다가 유기농이라면 더 많이 움직여야 하거든요."

"이봐요. 그거야 사람에 따라 다르죠. 농사꾼이라고 꼭 손이 거칠어야 합니까? 요즘은 시설이 좋아서··· 억."

변명하는 남자의 멱살을 민규가 잡아챘다.

"그럼 경찰 부를까?"

"······!"

민규의 한마디에 농장주가 하얗게 질려 버렸다.

"불러?"

"잘못했습······."

텅!

마지못해 변명하는 남자를 밀쳐 벽에 처박아 버리는 민규.

"······?"

그가 휘청거릴 때 사진까지 한 방 박아주었다.

"아저씨, 인생 이렇게 살면 안 되지. 당신 같은 사람 때문에 멀쩡한 식당 주인들이 사기꾼 되는 꼴이잖아?"

"……"

"게다가 어린애까지 데리고 말이야."

"죄송합니다. 애 엄마가 가출하는 바람에 애를 둘 데가 없어서……."

"그렇다고 얼굴까지 성형하고 사기질에 어린애까지 동원해? 이건 완전 악질이야. 알아?"

"……?"

"왜? 모를 줄 알았어? 당신 사기질, 이미 인터넷에 다 돌고 있어."

"한 번만 용서해 주십시오. 다시는 이런 짓 하지 않겠습니다."

"당신 전직이 뭐야?"

"농산물시장 위탁판매 임시직이었습니다. 거기서 일꾼들 도박판에 말리는 바람에 정신이 나가서 애 엄마가 가출하고 나니 먹고살 일이 막연해서……."

"꺼져."

"예?"

"꺼지라고. 애를 봐서 한 번은 봐줄 테니까 다시는 이런 짓 할 생각 말아. 여차하면 당신 사진을 인터넷에 뿌려 버릴 테니까."

"그, 그것만은……."

"그러니까 꺼져. 선량한 농부로 알고 넘어갈 뻔한 걸 생각하면 경찰에 넘기고 싶거든."

"아, 알겠습니다."

남자는 서둘러 창고를 나갔다. 트럭도 번개처럼 사라졌다.

"왜 저래?"

종규가 물었다.

"사기꾼."

"엥?"

"유기농 샘플 들고 와서 계약하고 얼마 후부터는 일반 식재료 납품하는 인간이란다."

"어떻게 알았어?"

"손. 의상은 대충 갖췄지만 손은 감출 수 없잖냐? 척 보니 농사꾼의 손이 아니더라고."

"그럼 그거 추궁하려고 창고로?"

"어린 딸 앞에서 쪼아댈 수 없잖냐? 딸은 지 아빠가 쓰레기인 줄 모르는 눈치니……."

"아, 씨… 난 그것도 모르고 딸을 봐서 좀 써줄까 했는데……."

트럭이 사라진 도로를 보며 종규가 핏대를 올렸다.

＊   ＊   ＊

주방의 탁자에서 민규가 버킹엄궁전의 준비물 목록표를 만들었다. 다행히 비행기 편 제공과 숙식 제공이었다. 숙소는 버킹엄궁전이다. 소장품을 전시하는 갤러리 등을 제외하고는 외부에 개방하지 않는 것을 고려하면 파격적인 대우였다.

만찬 비용에 대한 결제도 '백지' 위임을 보내왔다. 영국 달러든, 미국 달러든 적어 넣기만 하면 결제를 해주겠다는 것. 필요한 식재료는 궁전 주방에 있었고 민규가 공수하는 재료에 대해서도 얼마든 따로 지불하겠다는 설명까지 붙어 있었다.

영국!

글로벌 시대이기에 한국의 재래종 식재료 외에는 거의 다 현지 조달이 가능했다. 하지만 궁중요리나 약선요리는 토종이 들어가야 제맛이 난다. 질 좋은 곡식에 곡류, 약재와 붉나무 소금, 산야초, 토종해초, 새팥, 무릇 등의 야생초씨앗 등을 챙기다 보니 짐이 많아졌다. 별수 없는 일이었다.

여왕의 나이는 금년 89세.

그 생일 이벤트를 어떻게 차려 드릴까? 정조의 어머니 혜경궁 홍씨의 연회를 참고할까? 아니면 영국 전통요리를 접목한 새로운 궁중요리를 선보일까?

선물로 줄 감국차 확인을 끝내고 종규가 모아둔 자료를 꺼냈다. 과거 여왕 방한 때의 청와대 만찬 메뉴였다. 그녀는 구절판에 담긴 삼색밀쌈말이에 열광했다. 궁중신선로에도 감탄을 했다고 한다. 먹지 않는 건 전복이었다. 하지만 민규는 그저 참고만 했다.

그로부터 20년, 당시 여왕의 만찬 평이 사실이라고 해도 세월이 흘렀다. 우리 대통령을 생각해 예의상 말한 것일 수도 있다. 그렇기에 여왕의 체질창 역시 참고용으로만 스캔을 했다. 여왕이라는 신분을 빼고 보면 89세의 할머니. 어제 다르고 오늘 다른 게 그 나이의 건강이었다. 당장 오늘, 요양원과 경로당에서 온 어르신들이 그랬지 않은가?

내가 왕년에는…….

나도 옛날에는…….

부질없다. 약선은 손님이 테이블에 앉은 순간이 가장 중요했다. 러시아의 갈라예프처럼 희한한 요리를 찾는 게 아니라면…….

그러고 보니 갈라예프 생각이 났다. 그 러시아 재벌, 지금도 그의 여자들에게 욕망의 미사일을 쏘아대고 있을까? 덕분에 아랍의 왕세제도 만났고 치노도 만났다. 덕분에 비기 기사회생요리의 식재료들도 구경할 수 있었다. 인연은, 좋은 식재료만큼이나 소중한 것이었다.

여왕 생신 다음 날은 현주 엘라의 생일.

그녀에 대한 준비도 소홀히 하지 않았다.

목록을 마치고 기사회생요리 자료를 집어 들었다. 기우는 목숨을 바로잡아 주는 기사회생요리. 어쩌면 여왕에게 필요한 요리가 아닐까 싶었다.

딱 십 년.

혹은 이십 년.

건강하게 살 수 있다면…….

여왕의 소망도 그게 아닐까? 대영제국의 영광은 저물었다지만 여왕은 아직 국민들의 사랑을 받고 있다. 그렇다면 그녀 역시 불사를, 혹은 무병장수를 바랄지도 몰랐다.

二藥水 三靈草 五穀 龍材 六氣 五臟 六腑 天地人陰陽一致 三人求.

궁중구방에 적힌 기사회생요리의 재료들. 아직 레시피를 찾아내지 못한 민규였다. 거기 마지막에 쓰인 三人求를 보며 생각했다.

여왕의 수명을 늘려주고…….

박명의 천재를 살려주고…….

박명의 미인 역시 구해주고…….

생각만 해도 흐뭇하다.

상상을 접고 황창동에게 전화를 걸었다. 산삼을 부탁해 둔 까닭이었다. 한국의 산삼은 영국에서 구할 수 없는 것. 전세 비행기까지 보내주니 한국에서 가장 귀한 것, 세계적으로도 거의 공인된 산삼요리를 함께 선보이고 싶었다.

그렇게 영국행의 아침이 밝아왔다.

대사관에서 차를 보내왔다.

"나 어때? 이만하면 세푸가 창피해하지 않으려나?"

온갖 멋을 부리고 등장한 황 할머니가 포즈를 취했다. 머리에는 선글라스를 올렸고 목에는 스카프를 맸다. 물론, 손은 커다란 여행용 트렁크의 손잡이를 잡고 있었다.

"할머니, 무슨 이민 가요? 가방이 왜 그렇게 커요?"

종규가 울상을 지었다. 할머니의 가방은… 심하게 컸다.

"그게… 이것저것 싸다 보니까 이것도 필요할 거 같고 저것도 필요할 거 같고……."

"어우, 한 반년은 사실 포스네."

종규가 버벅거릴 때 재희가 타고 온 택시가 멈췄다. 거기서 내린 재희의 가방도 만만치는 않았다.

"으악, 얘도 한 살림 차렸네?"

종규가 또 거품을 뿜었다.

"오빠, 모르면 가만히 있어. 여자하고 남자는 다르거든? 이것도 줄이고 줄인 건데… 씨이……."

재희가 도끼눈을 부라렸다.

"그렇지? 나 잘한 거지?"

구세주를 만난 듯 할머니가 반색을 했다. 초록은 동색이 맞았다. 비록 젊은 초록과 늙은 초록이라고 해도…….

"잘 다녀와. 가게는 내가 철통처럼 지켜줄게."

차만술이 내려와 배웅을 해주었다. 차는 바로 도로로 나왔다. 속도를 올릴 때 보니 봉투가 보였다. 차만술, 어느 틈에 밀어 넣은 모양이었다. 안에 든 건 2,000불이었다.

[많이 못 넣었어. 시간 날 때 영국 대표 요리라는 로스트비프라도 한 접시 해. 아니면 청어리파이라도.]

메모가 반짝거렸다. 이제는 형제처럼 마음을 나눠주는 차만술.

[고맙습니다. 최고로 맛나게 먹고 성공적으로 치르고 올게요.]

괜한 사족 달지 않고 쿨한 문자를 보냈다. 그래야 그도 뿌듯할 일이었다.

여왕이 사는 버킹엄궁전. 여왕의 생일상 요리를 향한 출발이었다.

*   *   *

첫 요리가 나왔다. 한국에서 가져간 능이와 송이버섯 수프였다. 능이에는 잣가루를 넣어 고소함을 더했고 송이에는 솔잎가루를 넣어 약선 시너지를 강화했다.

서양의 대표 버섯으로 꼽히는 트러플에 대한 도전이자 한국 토종버섯의 우수성을 보여주려는 시도이기도 했다. 여왕이 스푼을 잡았다. 첫 수저부터 가뜬하게 들어갔다.

푸후!

여왕이 맛김을 뿜었다. 어찌나 황홀한지 옥침을 흘릴 지경이었다. 하지만 그녀의 미소는 이내 흑빛으로 바뀌었다.

푸후!

맛김이 신음이 되었다. 신음이 끝나기도 전에 여왕이 늘어졌다. 혀가 부어오르고 몸에는 두드러기가 솟았다. 맙소사, 버섯 알레르기였다. 체질창에 보였던 신체 전반의 안개 같은 흔적들. 그게 알레르기였던 모양이었다.

"닥터, 닥터!"

왕세자와 왕자가 소리쳤다. 청동 장식이 붙은 연회실 문이 열리더니 의사가 뛰어들었다. 그가 청진기로 진찰을 했다.

"당신, 여왕 폐하를 죽였어."

청진기를 거둔 의사가 민규를 쏘아보았다.

'죽어?'

"살려내. 여왕 폐하를 살려내라고."

의사가 민규를 닦아세웠다.

"이, 이봐요."

"너, 기사회생요리를 할 줄 알잖아? 그걸로 살려내란 말이야."

"그건 아직 요리법을 찾지 못했습니다."

민규가 손을 저었다. 의사의 표정이 너무 오싹한 까닭이었다. 쳐다보는 것만으로도 말단 신경이 얼어붙을 것 같았다.

"거짓말. 너는 알고 있잖아? 여왕 폐하를 살리지 않으려는 거지?"

"아닙니다. 아직 요리법을 몰라요."

"그래? 그럼 네 목숨을 바쳐서라도 살려내거라. 네가 여왕 폐하 대신 죽어."

의사가 주사기를 뽑아 들었다. 변명을 할 여유도 없이 주사기가 날아왔다. 그게 엑스칼리버가 되었다. 아서왕의 성검. 그 성검은 전설이 아니었다. 피를 얼릴 듯한 광기를 머금은 칼이 민규의 허공을 갈라 버렸다.

후웅!

소리도 없이 세상이 흔들렸다. 뼈를 내려앉히는 진동이었다. 그 진동이 멈춘 순간, 민규는 느꼈다. 자신의 몸이 음양의 두 쪽으로 나눠지는 걸. 인체는 음양의 조합이다. 상체는 양이오, 하체는 음이다. 등이 양이고, 가슴이 음이다. 손등이 양이고, 손바닥이 음이다. 육부가 양이오, 오장은 음이다.

음양음양!

절망이 속삭이는 소리가 들렸다. 의지를 침범해 소멸시킨다. 소멸하는 의지 속에서 민규는 보았다. 완벽하게 나뉜 육신의 음양. 몸은 등 부분과 가슴 부분으로 정확하게 갈라져 있었다. 손도 포를 뜨듯 손등과 바닥으로 나눠졌다.

아아…….

아아아…….

비명도 없는 현기증과 함께 눈앞에 섬광이 일었다. 섬광 안에 또 섬광. 세계는 그 폭광 속에서 음과 양으로 동강이 나버렸다.

"……!"

움찔하는 경련과 함께 눈을 떴다. 비행기 안이었다.

"물 한 잔 드려요?"

지나가던 스튜어디스가 물었다.

"예."

물잔을 받아 정화수를 소환했다. 물이 혀를 적시며 식도로 내려가자 겨우 정신이 들었다. 손을 보았다. 손등은 양이오, 손바닥은 음… 비행기는 하늘 높은 곳.

어쩌면…….

어쩌면 3생들의 암시였을까? 기사회생요리에 대한? 그도 아니면 지나친 생각 때문에 무의식 속에서 작용을 한 걸까?

상상하는 사이에 안내 방송이 나왔다.

"승객 여러분, 우리 비행기는 곧 히드로 국제공항에 착륙합니다."

민규의 시선이 여왕의 문장으로 옮겨 갔다. 그녀의 문장에는 사자와 유니콘이 있었다. 사자는 영국 왕실의 상징이다. 사자는 왕관을 쓰고 있지만 유니콘은 목에 쇠사슬을 차고 있다. 경구 문장(文章)도 두 개가 새겨져 있다.

Dieu et mon droit.
Honi soit quimal y pnese.
신과 나의 권리.
악한 생각을 하는 사람에게는 재앙이 온다.

특이한 것은 사자와 유니콘이 딛고 있는 초원이다. 두 개의 빨간 꽃이 인상적이다. 그런데 문장에 쓰인 색이 놀랍게도 오방색이었다. 노란 사자, 방패를 감싸는 푸른색, 흰 유니콘, 붉은 왕관과 방패들, 여섯 줄의 검은 띠.

이것은 정확하게 황(黃), 청(靑), 백(白), 적(赤), 흑(黑)의 오방색과 일치하고 있었다. 지금까지는 그저 사자와 유니콘, 방패만 보였는데 돌연 오방색을 깨달은 것이다.

오방색은 약선요리를 대표하기도 한다. 그런 생각을 하자 괜히 마음이 편해졌다. 악몽이 아니라 길몽을 꾼 것 같았다. 꿈은 반대라니까.

꿀럭!

비행기가 멈췄다. 진동도 끝났다.

"내리시죠. 왕세자님께서 나와 계십니다."

비행시간 내내 민규 팀을 돌봐주었던 사무장이 다가왔다. 50대 후반의 그녀는 푸짐한 몸매답지 않게 날렵했다.

"다 온 거여?"

황 할머니가 물었다. 오는 길에 멀미까지 한 할머니였다. 민규가 혈자리를 자극해 수습했지만 긴 비행시간이 힘든 것만은 사실이었다.

"다 왔대요, 여기가 영국이에요."

손가방을 챙긴 재희가 할머니를 부축해 세웠다.

"아이고, 시골 촌것이 출세했네. 영국에를 다 와보고."

할머니 얼굴에 생기가 돌았다.

"셰프님을 모시게 되어 영광이었습니다. 특히 그 약수들……."

사무장과 승무원들이 정중히 고개를 숙였다. 기장까지 나온 배웅이었다. 초자연수 때문이었다. 비행시간 동안 민규는 두 번의 초자연수를 돌렸다. 극진한 그들에 대한 보답이었다. 덕분에 민규네도, 승무원들도 가뿐하게 날아온 여정이었다.

비행기 문이 열렸다. 민규 눈에 하얀 드레스의 소녀가 들어왔다. 낯익은 그녀, 아일라였다.

"셰프님!"

하얀 천사가 민규를 향해 뛰었다. 혼자가 아니었다. 옆에는 현주 엘라가 있었다. 그녀의 드레스는 노랑이었다. 영락없는 흰나비와 노랑나비였다.

"아일라, 현주님."

민규가 한 다리를 굽히며 현주를 맞았다.

"영국에 오신 걸 환영합니다."

현주가 낭랑하게 입을 열었다. 노란 드레스의 위엄 때문인지 왕족의 포스가 제대로 엿보였다.

"셰프님."

왕세자가 손을 내밀었다. 왕세자빈과 함께였다. 옆에는 레이첼이 있었다.

"다시 뵙게 되어 영광입니다."

민규가 악수를 받았다.

"셰프님."

왕세자빈도 인사를 건네 왔다. 레이첼과는 마지막으로 인사를 했다. 그녀는 가벼운 미소로 마음을 표했다. 왕세자와 세자비가 있었다. 그렇기에 오버하지 않는 것이다.

"모시겠습니다."

왕세자가 차량을 가리켰다. 활주로까지 친히 나와준 왕세자. 민규를 국빈 못지않게 예우하고 있었다. 세단이 출발을 했다. 민규는 왕세자와 한차였다. 종규와 재희, 할머니는 뒤차에 탑승을 했다. 시간은 오전 10시를 넘고 있었다.

"밤새 날아왔을 텐데 피곤해 보이지 않는군요? 나 같으면 토끼 눈이 되었을 텐데……."

왕세자가 물었다.

"전용기 덕분에 편안하게 날아왔습니다."

민규가 웃었다.

"저기가 우리 집입니다."

궁전이 가까워지자 왕세자가 앞쪽을 가리켰다. 멀리 버킹엄 궁전이 보였다. 주변에 사람들이 엄청나게 많았다.

"마침 왕궁 근위대 근무 교대식이 열릴 시간이군요. 이 시간이면 관광객들이 많이 몰린답니다."

"아, 네……."

"레인, 차를 좀 세워주시겠나? 셰프께서 잠깐 구경할 수 있도록."

궁전에 들어서자 왕세자가 기사에게 말했다.

"셰프님, 11시에 근위대 근무 교대식이 열린대요."

뒤차에서 나온 재희, 뚜껑을 밀어내려 들썩거리는 물의 증기처럼 들떠 있다. 저럴 때는 관광 온 소녀와 다르지 않았다.

하긴 버킹엄궁전의 근위대 근무 교대식은 세계적으로 명성이 높았다. 한국의 궁궐에도 교대식이 있지만 버킹엄의 역사와 전통에는 비할 바가 아니었다. 그렇기에 영국에 오면 꼭 봐야 하는 볼거리에 속하고 있었다.

"할머니, 근위병들이 와요."

장난감 병정 같은 근위병들이 모습을 드러내자 재희 눈빛이 몽롱해졌다.

"애가 아주 맛이 가네?"

종규가 슬쩍 핀잔을 주었다.

"오빠는 안 멋있어? 나는 살이 떨릴 지경인데."

"멋있기는 하지만 살까지 떨리냐? 방송에서 한두 번 본 것도 아닌데?"

"그거랑 똑같아? 나 마치 꿈을 꾸는 것만 같아."

재희가 몸서리를 치는 동안 근위병들이 가까워졌다. 재미난 것은 보폭이었다. 엄중하고 장중하지는 않지만 정확한 보폭이 시선을 끌었다. 그들은 민규가 서 있는 코앞 마당에 자리를 잡았다. 교대식의 시작이었다.

"근위대 근무 교대식은 잉글랜드와 스코틀랜드, 웨일스, 북아일랜드의 결속을 다지는 의미이자 영연방의 상징이기도 합니다."

왕세자가 친히 설명을 붙여주었다.

교대식은 30분도 넘게 진행되었다. 그리고 그 마지막… 교대식을 마친 근위병들이 일제히 왕세자를 향해 충성의 예를 표했다. 동시에 민규에게 보내는 환영의 표시였다. 그들의 장중한 예는 종규와 재희, 할머니에게도 예외가 아니었다.

"어머어머……."

재희 다리에 힘이 풀렸다. 종규가 잡아주지 않았더라면 기절해 버렸을 재희였다.

"아, 얘가 진짜……."

핀잔을 주지만 종규도 기분이 좋았다. 솔직히 말하자면 죽여줬다.

자박자박!

회랑을 걸었다. 스쳐 지나가는 벽마다 독특한 장식들이 많았다. 박물관에 온 기분이었다. 한눈을 팔기도 뭣하다 보니 아일라와 현주가 부러웠다. 어린 그녀들은 궁전도 개의치 않고 달렸다. 까르르까르르 옥구슬 같은 웃음소리도 멈추지 않았다.

"코리아의 이 셰프께서 오셨습니다."

여왕의 집무실에서 왕세자가 민규를 소개했다. 여왕은 부군 루이와 함께였다. 옷은 정장이었다. 여왕 부부가 앉은 의자는 영화 속의 그것과 다르지 않았다.

"어서 와요. 진심으로 환영해요."

여왕 부부는 앉은 채 민규를 맞았다. 민규가 다가가 그녀의 손등에 키스를 전했다. 간단한 다과가 나왔다.

"우리 왕세자가 어찌나 자랑을 하던지 며칠 전부터 기다렸어요."

여왕이 웃었다. 정기(精氣)는 바닥이지만 말투와 미소에 품격이 가득하다. 이따금 추임새를 넣는 루이 공에게도 소박하면서도 기품 어린 품격이 배어 나왔다.

"작은 선물입니다. 머리와 눈을 맑게 하고 팔다리 불편한 데 좋은 감국차입니다."

민규가 단아한 한지 포장을 내밀었다. 여왕을 위해 황 할머니에게 준비시킨 감국이었다. 할머니 동생이 따 모은 걸 하나하나 골라 차로 만들었으니 최고의 향과 효과를 가지고 있었다.

"냄새가 은은하니 좋네요."

여왕이 답사를 했다.

궁전 셰프들이 준비한 차를 마시며 여왕 부부의 체질창을 확인했다.

89세와 92세의 부부.

나이를 속일 수 없는 몸이었다.

'그래도 천상 부부로군.'

민규가 몰래 웃었다. 풍이 있었다. 따로 있지 않았으니 둘이 나란했다. 여왕 쪽이 좀 심했다. 그녀의 사지에 혼탁이 강했다. 팔다리가 쑤신다. 기력이 약하니 밤마다 고생 좀 할 것 같았다. 여왕의 풍은 역절풍, 그중에서도 백호풍에 속했다. 심장도 안녕하지 못했다. 박동이 빨라 가슴에 압박을 준다. 혈압약을 먹고 있겠지만 시원하게 다스려지지 않았다. 심장이 나쁘니 얼굴도 거칠게 붉다. 특히 왼쪽이었다. 헐렁한 미소 역시 심장 때문에 생기는 현상이었다.

루이의 풍은 풍비 쪽이었다. 이 또한 팔다리가 저린다. 그러나 여왕에 비하면 양반인 편이었다. 여왕은, 꽤 심각했다. 체질은 火형이었다. 木형이라면 곤란했다. 목형이 좋아하는 음식에는 역절풍에 해를 끼치는 식재료들이 많기 때문이다. 아직까지는 왕실 의료진들의 관리로 버티고 있지만 나이를 고려하면 뇌관이 터질 우려가 있었다. 풍은 바람이니 인체 어디든 못 갈 리 없었다.

루이의 심장도 겨우 '허약' 수준을 넘고 있었다. 풍은 심장에서 온다. 오장의 영향으로 심장이 병들면 걸리게 되니 부부가 닮은 꼴이었다.

'가래와 열부터 다스려야겠군.'

거담약선.

청열약선.

보기양혈약선.

요리 그림이 그려졌다.

여왕은 사진으로 본 것보다 심각한 상태였다. 생일상이나 제대로 받을까 걱정이 되었다. 역시 식재료와 사람은 직접 보는 게 맞았다. 특히 연로한 사람의 사진은 참고 사항이지 절대 기준이 되지 못하는 것이다.

풍은 가래와 열이 주요인이다. 이 둘만 제대로 잡아줘도 괜찮아질 수 있었다. 거기에 기혈을 잘 통하게 하면 금상첨화였다.

"몸이 무거우십니다. 약수를 한잔 올려도 될까요?"

민규가 물었다.

"우리 왕세자가 말하던 그 약수인가요?"

여왕이 반응을 보였다.

"그렇습니다."

"그럼 부탁해요."

허락이 떨어지자 초자연수를 소환해 주었다. 국화수였다.

따뜻하고 단 물이다. 중풍과 근육 저림에 도움이 되니 여왕 부부에게도 효과가 만점이었다.

"몸에 햇빛이 들어오는 느낌이네요."

여왕의 표정이 환하게 펴졌다.

"죄송하지만 폐하 부부의 친필 사인을 한 장 부탁드립니다."

민규가 청했다. 사적인 것이 아니라 연회에 쓸 만찬주 '출주' 의 완성을 위한 일이었다.

"그럼……."

사인을 받아 들고 복도로 나왔다. 다음으로 간 곳은 왕세자 의 거처였다. 응접실에서 여왕의 생일상 테이블에 대한 대화 를 나누었다.

여왕의 생일은 내일.

아침 조식은 왕실 가족 모두가 참가하는 정찬.

이 요리는 궁전 요리 팀에서 맡는다.

민규의 약선요리는 저녁 시간 주요 종친들만 참가하는 가 족 만찬.

그렇게 가닥이 잡혔다.

참가자들은 크게 변하지 않았다.

"이쪽은 그레이스, 궁전 안내와 더불어 필요한 모든 것을 지 원할 겁니다."

왕세자가 여자 집사를 소개해 주었다. 여왕에게 물든 것일 까? 그레이스는 볼이 지나치게 붉었다. 다행히 심장의 문제가 아니라 단순한 안면홍조증이었다. 안면홍조는 양기(陽氣)가 원인이다.

"주방을 보여 드리겠습니다."

그레이스가 앞장을 섰다.

"어서 오십시오."

주방에 들어서자 수석 셰프 오트너가 민규를 맞았다. 주방에는 직원들이 많았다. 여왕은 매년 많은 사람들을 초대해 만찬을 베푼다. 연 인원이 대략 5만여 명이라니 하니 규모 또한 방대했다. 하지만 내일은 여왕의 생일. 더 많은 사람과 더 많은 요리가 필요했으니 눈에 보이는 요리사만 해도 30여 명을 넘고 있었다.

"물의 마법사시라고요? 왕세자님께서 칭찬이 자자하시더군요. 노르데나우 이후로 그렇게 만족하는 모습은 처음이었습니다."

"별말씀을……."

"더구나 그 물은 셰프께서 즉석에서 요리처럼 만들어내신다고요?"

"예……."

"그래서 저희도 굉장히 기대를 하고 있습니다. 그렇잖아도 여왕 폐하께서 두어 달 전부터 먹는 게 신통치 않으시고… 물 요리는 저도 난생처음이거든요."

"좋게 봐주시니 고맙습니다."

"셰프가 차리는 여왕 폐하의 만찬은 내일 저녁으로 들었습니다. 도와드릴 일이나 준비할 게 있으면 얼마든지 말씀하십시오. 무엇이건 준비해 드리라는 엄명을 받았습니다."

"바쁘실 테니 주방 기구와 식기들, 식재료를 간단하게 확인하고 싶습니다."

"당연히 그러시겠죠? 코리아에서 가져온 식재료들은 2번 냉장룸에 넣어두도록 지시했습니다."

"그건 저희가 정리를 하겠습니다."

"이쪽으로 오시죠."

오트너가 앞장을 섰다. 돌아보니 그레이스는 대형 거울 앞에 있었다. 거기서 자기 얼굴을 보고 있다.

"그레이스가 안면홍조가 심해서요. 이제는 잊을 때도 됐지만 늘 저렇게 신경을 쓴답니다."

오트너가 웃었다. 안면홍조. 어릴 때는 귀여워 보일 수도 있지만 나이 먹으면 불편하다. 그레이스 역시 다르지 않은 모양이었다.

냉장룸으로 가는 길에 다양한 소스들이 눈에 들어왔다. 아이보리 후무스 소스, 초록의 바질 페이스트, 빨간 토마토소스와 흑빛 타프나드 소스 등이었다. 육수스톡도 치킨스톡부터 채소스톡까지 어마어마한 양이었다.

"소스와 스톡 냄새가 좋군요."

민규가 한눈을 팔았다. 좋은 냄새를 맡으면 그냥 지나치지 못하는 것, 요리사의 본능일지도 몰랐다.

"여깁니다."

냉장룸 문이 열렸다. 러시아의 갈라예프가 떠올랐다. 그의 식재료 칸만큼이나 굉장했다, 산해진미는 아니지만 거의 모든 것을 갖춘 공간이었다.

"혹시 코리아의 요리에도 와인을 즐겨 쓰시나요?"

와인 진열대 앞에서 오트너가 물었다.

"별로 그런 편은 아닙니다만……."

"이번 생신에 쓰려고 들여온 칠레 와인 비네도 차드윅입니다. 요즘 가장 핫한 와인인데 와인 품평의 대가 제임스 서클링으로부터 100점 만점을 받은 명품이죠. 오늘과 내일 만찬에 쓸 거지만 필요하시면 한두 병 사용하셔도 됩니다."

"오늘도 만찬이 있는 모양이군요?"

"여왕 폐하의 즐거움이자 영국의 즐거움이죠. 각국의 생신 축하 사절들은 오늘 초대를 했습니다. 버킹엄궁전은 맛과 멋, 역사와 품격이 함께하는 지구상 마지막 공간입니다."

설명하는 오트너의 눈에는 자부심이 가득했다.

"여왕 폐하의 기존 식단이 필요하시면 제공해 드리겠습니다. 참고하셔도 좋습니다."

"……."

"가져다 드릴까요?"

"아, 예……."

잠시 생각하던 오트너의 호의를 받아들였다. 그가 식단표를 건네주었다.

"……!"

식단을 받아 든 민규. 표정이 얼음처럼 굳어버렸다.

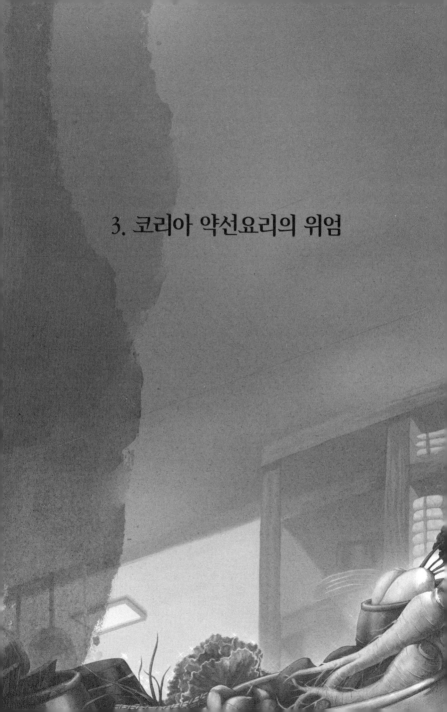

3. 코리아 약선요리의 위엄

생선, 닭고기, 식초······.

여왕의 역절풍에 메스를 가하는 재료들. 너무 자주 나오고 있었다.

"여왕 폐하께서 좋아하는 거라서요. 식초가 건강에 좋은 건 누구나 아는 사실이고 닭고기 역시 흰 살 육류로 단백질 공급에 꼭 필요하지 않습니까?"

민규의 질문에 오트너가 답했다.

"죄송하지만 이 식재료는 여왕 폐하의 건강과 맞지 않습니다. 돼지고기와 소이빈 소스도 삼가시는 게 좋습니다."

"셰프?"

"최소한 오늘과 내일 아침만이라도 이 식재료들을 삼가주시기 바랍니다. 이유는 내일 저녁 만찬 때 여왕 폐하께 직접 설명드리겠습니다."

"……."

황망해하는 오트너와 함께 주방으로 돌아왔다. 그레이스는 아직도 거울을 보고 있었다.

"어머, 다 돌아보셨나요?"

그레이스가 민규를 바라보았다.

"얼굴의 안면홍조가 신경 쓰이시나요?"

민규가 물었다.

"네? 네……."

대답하는 그녀의 볼이 더 붉어져 버렸다.

안면홍조에는 치자의 껍질이 좋다. 차로 마시면 도움이 된다. 맛이 쓰니 꿀을 첨가하면 좋다. 민규가 생수 한 잔을 따랐다. 치자가 없으니 동상수를 소환했다. 겨울철에 내린 서리의 물이다. 열로 인한 질병을 다스리고 얼굴이 벌겋게 된 것을 없애준다.

"조금 찹니다. 마셔보세요. 도움이 될 겁니다."

"이거… 혹시 왕세자님께서 말씀하시던 그 약수인가요?"

"네."

"어머!"

놀란 그녀가 물컵을 소중히 쥐었다. 그런 다음 보석을 마시

듯 정성스레 마셨다. 오트너의 시선도 물컵에 있었다. 왕세자
의 말이 귓바퀴에서 맴돌았다.

'지상 최고의 물요리 마법사.'

솔직히 믿기지 않았다. 물요리? 물론 가능했다. 끓이고 얼리
고 데우고 거품을 내고. 하지만 그렇게 한다고 해서 물이 약
이 되는 건 아니었다.

그런데…….

"……?"

오트너의 눈자위가 떨리기 시작했다. 그레이스의 안면이 맑
아지기 시작한 것이다.

"맙소사!"

거울을 본 그레이스, 손에 쥔 컵을 떨어뜨리고 말았다. 민
규가 재빨리 받아주었다.

"셰프님."

그녀가 민규를 돌아보았다. 경탄과 존경이 가득한 시선이었
다.

"오트너도 약수가 궁금하다고 하셨죠?"

이제는 오트너 차례였다. 그는 궁전 주방의 총책임자. 신뢰
를 사두어 손해날 일은 없었다. 더구나 여왕의 식단 식재료에
대한 부탁까지 한 처지가 아닌가?

그에게 준 건 순류수였다. 그는 무릎이 좋지 않았다. 몇 해
전의 교통사고 때문이었다. 셰프라는 직업도 한몫을 했다. 성

치 않은 무릎으로 하루 종일 서서 일하니 애로가 이만저만이 아니었다. 순류수는 무릎 질병에 좋은 물. 열탕을 더해 양기를 북돋게 했으니 그에게는 성수가 될 일이었다.

"무릎이 좋지 않으시죠? 마시면 다리가 편안해질 겁니다."

'무릎이 편해진다고?'

그레이스의 얼굴을 보고서도 믿기지 않았다. 궁전 전속 명의는 물론 왕립병원 전문가들도 어쩌지 못하는 무릎의 고질병. 안면홍조하고는 차원이 다른 일이었다.

물을 마신 오트너, 무릎을 움직여 보았다.

"······!"

움직일 만했다. 아니, 조금 더 움직이니 아프지 않았다. 걸어보아도 그랬다.

"괜찮아요?"

그레이스 목소리가 확 높아졌다.

"이거?"

오트너의 넋은 반쯤 나가 있었다. 강력한 마약성 진통제를 먹은 것도 아니었다. 약수를 제조한 물은 그의 주방에서 쓰는 생수였다. 과정도 똑똑히 지켜보았다.

"저는 식재료 정리한 후에 잠깐 눈 좀 붙여야겠습니다. 아까 삼가달라고 말씀드린 여왕 폐하의 식재료들, 잘 부탁드립니다."

민규가 돌아섰다. 오트너와 그레이스는 넋은 놓은 채 민규를 바라보았다. 오래오래 눈을 떼지 못했다.

민규 방의 침대는 고전적이었다. 모서리에는 영국의 상징인
사자가 조각되었다. 잡귀는 얼씬도 하지 못할 위엄이었다. 재
희와 종규, 할머니 역시 각자 배정받은 방에서 뿅 가고 말았
다. 그만큼 좋은 방이었다.

여왕 부부의 사인을 출주병에 넣고 잠을 청했다. 새벽이 되
면 출주는 고귀한 다홍으로 변할 것이다. 주용길의 이를 나게
하는 데 일조한 명주였으니 여왕의 건배에 와인 대용으로 쓸
생각이었다.

잠도 세프의 임무였다. 좋은 요리를 하려면 컨디션이 좋아
야 한다. 피로가 쌓이면 후각이나 미각에 이상이 생긴다. 그렇
기에 민규 팀은 '닥치고' 취침이었다.

삐익삐이익!

아련한 호각 소리가 들렸다. 웅성거리는 소리도 들렸다. 민
규가 눈을 떴다. 소란은 먼 곳이 아니었다. 민규의 방은 픽처
갤러리와 가까웠다. 옷을 챙겨 입고 밖으로 나왔다. 아직은
저녁 이전이었다.

복도로 나오니 상황이 어수선했다. 궁전 의료진들이 긴박하
게 달리고 있었다. 잠시 후에 원인을 알았다. 갤러리를 관람하
던 중국 청년 관광객이 쓰러진 것이다.

"세프님."

그레이스가 다가왔다.

"무슨 일이죠?"

"픽처 갤러리의 사고예요. 관람객이 안내원과 말다툼을 하다가 쓰러졌대요."

'말다툼?'

"금지 구역에 들어온 사람에게 나가라고 했는데 언쟁이 붙었나 봐요. 관람객이 많다 보니 금지 팻말이 떨어졌었나 봐요. 그래서 관광객이 항의를 하다가 흥분해서… 그런데 덩치가 몹시 커서 곤란을 겪고 있는 모양이에요."

"제가 좀 가봐도 될까요?"

"따라오세요."

그녀가 앞서 걸었다. 관광객은 램브란트의 작품과 가까웠다. 사고로 장내가 통제되면서 혼란이 가중되었다. 관광객은 정말 거구였다. 적어도 150kg은 넘는 거 같았다. 그러다 보니 다들 어쩌지 못하고 있었다.

"그레이스."

그를 돌보던 궁정 의사가 그레이스를 돌아보았다.

"어때요?"

"Stroke patient입니다. 가까운 병원에 연락해서 조치를 갖추도록 했습니다. 곧 구급차가 올 겁니다."

Stroke patient. 의사가 내린 진단은 뇌졸중, 즉 중풍인 모양이었다. 의식을 놓은 관광객은 20대 중후반으로 보였다. 뇌

줄중. 노인의 전유물이 아니다. 어린이도 청년도 뇌졸중을 당할 수 있었다.

"……!"

관광객을 바라보던 민규, 그의 체질창이 두 눈에 들어왔다. 의사가 말한 것과 다른 쪽이었다. 손을 만져보았다. 차가웠다.

"뭡니까?"

의사가 민규를 쏘아보았다.

"코리아에서 오신 이 셰프님이세요. 여왕 폐하의 만찬을 위해서……."

그레이스가 설명을 했다.

"아, 예… 하지만 환자를 만지는 건 곤란합니다. 뇌졸중이라 위험에 빠뜨릴 수 있어요."

의사가 경고를 던졌다.

"이 사람은 뇌졸중이 아닙니다."

민규가 잘라말했다.

"뭐라고요?"

"뇌졸중이 아니라고요. 뇌졸중으로 치료를 하면 사망할 수도 있습니다."

"당신? 셰프이자 의사입니까?"

"나는 약선요리사입니다."

"의사도 아니면서 어떻게 안다고 그러는 겁니까?"

"환자를 보세요. 손이 찹니다. 입에 거품도 없네요. 이건 격

해진 감정 때문에 기가 손상되면서 일어난 중기(中氣)라는 증
상입니다."

"중기?"

"잠깐만 기다려 주십시오. 잠깐이면 됩니다."

민규가 주방으로 뛰었다.

"셰프, 혹시 생강이 있나요?"

오트너가 눈에 보이기 무섭게 물었다.

"예."

"좀 주시겠어요? 그리고 불 좀 쓰겠습니다."

서둘러 물을 올리고 불을 당겼다. 영문을 모르는 오트너,
조수에게 생강을 찾아오라고 말했다. 조수는 스코티시 에그
를 만들고 있었다. 그렇기에 대답만 하고 움직이지 않았다.

"서둘러요. 늦으면 사람이 죽을 수도 있어요."

민규가 소리치자 그제야 조수가 움직였다. 생강은 슬라이
스로 썰어 물에 넣었다. 경락을 통하게 하기 위해 열탕을 소
환했다. 시간을 당기기 위해 생강은, 유효성분이 많은 것들만
골라 넣었다.

"셰프님!"

그레이스가 들어왔다.

"구급차가 왔어요. 이제 걱정하지 않으셔도 돼요."

구급차?

반가운 소식이 아니었다. 의사의 진단 때문이었다. 그대로

실려 가면 뇌졸중으로 응급처치를 할 게 분명했다. 중국 청년에게는 치명타가 될 일이었다. 중기를 중풍으로 오인해 치료하면 죽을 수도 있기 때문이었다.

"잠깐요. 잠깐만 기다려 달라고 하세요. 어서요."

그레이스를 밀어내고 생강에 집중했다. 이럴 때는 시간이 천금이었다. 조바심이 난다고, 애가 탄다고 성분이 우러나는 게 아니었다.

'됐다.'

잠시 후에야 생강물이 완성되었다. 작은 포트를 골라 달인 물을 부었다. 구급차는 출발 직전이었다. 그나마 환자의 체구 때문에 시간이 지체된 게 다행이었다.

"잠깐만요."

민규가 구급 대원들을 세웠다.

"셰프, 한시바삐 병원에 가야 합니다. 뇌졸중은 시간과의 싸움이라고요."

궁전 의사가 각을 세우고 나왔다.

"잠깐, 잠깐이면 됩니다. 이걸 먹이면 일어나게 될 겁니다."

"그레이스?"

의사가 그레이스를 바라보았다. 이 황당한 동양의 셰프를 말려달라는 눈빛이었다. 그레이스도 난처했다. 한 쪽은 의사였고 또 한 쪽은 자신의 안면홍조를 고쳐준 셰프.

의사와 셰프!

둘의 역할은 완전히 다른 것. 그러나 그레이스의 판단은 민규 쪽으로 기울었다. 자기만 경험한 게 아니었다. 수석 주방장 오트너의 무릎까지 고쳐준 셰프가 아닌가?

"셰프 말대로 저 물을 먹여보면 안 될까요? 그런 다음에……"

"허!"

의사가 황망해하는 틈을 민규는 놓치지 않았다. 거구의 환자 입으로 생강물을 흘려 넣었다. 구급 대원들은 민규를 말리지 못했다.

"이제 그만하세요."

지켜보던 의사가 민규 어깨를 잡았다. 민규가 그 손을 밀어냈다. 아직 임계점에 도달하지 못했다. 여기서 멈추면 시도하지 않은 것만도 못한 것이다.

"그레이스."

소란을 들은 왕세자가 등장했다. 현주 엘라, 아일라와 함께였다.

"왕세자님, 저분이 응급환자를 두고……"

의사가 상황을 보고했다.

"셰프."

왕세자가 나섰다. 민규는 듣지 않았다. 아니, 들리지 않았다. 민규의 오감은 오직 환자에게 쏠려 있었다. 급격하게 손상된 중기. 그 회복에만 집중하는 것이다.

"셰프, 그만하면 되었습니다. 우리 의료진 실력이 좋으니 맡겨두심이……."

왕세자의 목소리가 완곡하게 나왔다. 그 순간, 환자의 육중한 손발이 꿀럭 경련을 했다.

"환자가 깨어나요?"

아일라가 소리쳤다. 소리와 함께 환자가 눈을 떴다. 그제야 민규가 안도의 숨을 쉬었다.

"셰프님이 환자를 살렸어요!"

아일라의 목청이 궁전을 흔들었다. 저만치 근엄한 표정의 근위병들조차 뒤돌아볼 정도였다.

"아……."

환자가 머리를 흔들며 일어났다.

"괜찮습니까?"

의사가 물었다.

"괜찮지 않으면요? 그런데 내가 여기 왜 있는 거죠?"

영어를 뱉은 환자가 주변을 두리번거렸다.

"갤러리 안내원과 언쟁을 벌이다가 기절하셨습니다. 여기 이 셰프께서 당신을 도왔습니다."

그레이스가 상황을 설명했다.

"응? 당신도 동양인? 혹시 중국인입니까?"

"한국인입니다."

"한국인? 아무튼 고맙습니다. 내가 좀 흥분하면 가끔씩 정신을 놓거든요."

"감정을 잘 다스려야 합니다. 기가 많이 손상되어 있으니 언제든 같은 일이 생길 수 있습니다."

"알았습니다. 아무튼 고맙고요. 이름이라도……."

"이민규입니다."

"이민규… 영어 스펠링이?"

"엘이이 엠아이엔 지와이유."

"리… 민… 규… 저는 왕치등입니다."

핸드폰 메모장에 기록을 마친 중국 청년, 꾸벅 인사를 하더니 빈 문으로 걸어 나갔다.

"허어!"

의사 얼굴이 하얗게 변했다. 민규의 말이 적중한 것. 그는 뇌졸중이 아니었다.

"셰프님……."

그레이스는 뻑 간 표정이 되었다. 오늘 하루, 벌써 세 번째 경험하는 민규의 마법이었다.

"셰프님이 최고예요."

아일라가 두 주먹을 앙증맞게 쥐어 보였다. 파이팅이다. 아이를 가만히 안아주었다. 숨 가쁘게 지나간 일에 위로가 되었다.

"셰프님!"

저만치서 종규와 재희, 할머니가 다가왔다.

"무슨 일이야?"

종규가 물었다.

"아무 일도. 나온 김에 우리도 갤러리 구경이나 할까?"

민규가 웃었다.

"제가 안내하겠습니다."

그레이스가 기꺼이 앞장을 섰다.

"저도 안내할래요."

아일라는 그레이스보다 먼저 뛰어나갔다.

"같이 가, 아일라."

현주도 그 뒤를 따른다. 소란은 지나갔다. 궁전은 또다시 영광과 환희의 일상 속으로 돌아갔다.

*   *   *

"드십시오."

오트너가 요리를 가리켰다.

"워메! 이것이 다 뭣이다냐? 쩌그 수떼이끄 아니냐?"

황 할머니가 입을 쩌억 벌렸다. 귀리죽에 이어 나온 메인은 영국이 자랑하는 로스트비프였다. 풍미부터 달랐다. 오트너의 수준을 알 것 같았다. 로스트비프는 촉감에 후각, 시각, 경험까지 겸비되어야 최상의 구이를 만들 수 있었다. 이 소고기 덩어리는 굉장히 두툼했다. 감각이나 경험이 없으면 포크나

송곳으로 자주 찔러본다. 그렇게 되면 육즙이 흘러나와 고기 맛이 떨어진다. 딸려 나온 요크서 푸딩도 향이 그만이었다.

고기만 바삭 촉촉하게 구워진 게 아니었다. 비주얼도 그랬다. 얼핏 보면 겉이 살짝 탄 것 같지만 그 직전에 구이를 멈췄다. 입에 넣으면……

바삭!

소리가 날 것 같은 자태는 옥침까지 절로 돌게 했다.

"이모님, 드세요."

민규가 황 할머니에게 로스트비프를 권했다. 이런 수준이면 질길 리가 없다. 그렇다면 할머니도 즐길 수 있었다.

"아유, 소고기 같은데 우째 이렇게 부드럽대?"

한 입 베어 문 할머니가 감탄을 쏟아냈다. 베어진 단면은 장미 꽃잎처럼 생기발랄한 붉은빛이 돌았다. 거기서 느껴지는 풍미는 차라리 고문. 당장 입에 넣지 않으면 몸살이 날 것만 같았다.

"우와."

종규의 탄성을 따라 민규도 한 점을 물었다. 이 고기… 로스트비프에 최적화된 재료였다. 오븐과 마블링, 두 개의 요소가 셰프의 손끝을 따라 맛 덩어리로 태어난 것. 씹을 때마다 배어 나오는 육즙은 정말이지 환상이자 궁극이었다.

"어떻습니까? 입에 좀 맞으시나요?"

오트너가 물었다.

"환상이네요. 육즙이 맛의 폭포 같습니다."

"고맙습니다. 그래도 이 셰프님의 약수에는 미치지 못하지요."

"아닙니다. 저도 이런 로스팅은 할 수 없을 겁니다."

"이것도 함께 드셔보십시오. 지난번에 한국 가수들이 왔었는데 아주 좋아하더군요."

오트너가 내려놓은 건 굴라쉬 수프였다. 쉽게 말하면 한국의 육개장 계열. 진한 고기스톡을 사용한 덕분에 감칠맛이 제대로였다.

"아유, 나는 이게 더 좋네. 속이 다 시원해."

황 할머니는 바로 굴라쉬로 갈아탔다.

"마지막은⋯ 혹시 마음에 안 드시면 드시지 않아도 됩니다."

오트너의 라스트 요리는⋯⋯.

"윽!"

접시를 받아 든 재희와 종규의 미간이 동시에 일그러졌다.

"영국에도 홍어가 있나?"

할머니도 코를 막는다.

오트너의 라스트 요리는 마마이트와 빵이었다.

마마이트.

한국에 홍어가 있다면 영국에는 마마이트(Marmite)가 있었다. 이스트 추출물로 만들어 진득하면서도 새카만 스프레드.

빵에 듬뿍 발라 먹으면 되는 요리였다. 냄새 고약하기로는 홍어 삭힌 것에 뒤지지 않았다.

"호불호가 있기는 하지만 영국 사람들이 즐겨 먹는 음식입니다. 전에 코리아에서 요리를 배우고 온 후배 말이 한국 사람들도 냄새가 지독한 홍어라는 요리를 즐겨 먹는다기에……."

"고맙습니다."

민규는 기꺼이 오트너의 호의를 받아들였다. 셰프라면 독특한 요리 체험을 달갑게 받아들여야 한다. 코를 뭉개고 들어오는 냄새를 참으며 빵에 발랐다. 한 입 무니 머리가 짜릿하게 반응을 했다. 그러나 뒷맛은 괜찮았다. 이스트의 푸근함이 감도는 것이다.

재희와 종규도 시도를 했다.

"뒷맛은 먹을 만?"

종규 인상이 펴졌다.

"이거 눈코 뜰 새 없이 바쁘신 분에게 신세를 져서… 저희도 뭣 좀 보답해야 할 텐데요?"

민규가 오트너에게 말했다.

"별말씀을. 저녁 만찬 준비는 끝났으니 걱정 마십시오. 원래도 각별히 모시라는 왕세자님의 엄명이 있었습니다만 제 무릎까지 고쳐주셨으니 당연한 일입니다."

"그러면 약수나 한잔 만들어드릴까요?"

"그렇다면 리얼 땡큐죠."

"알겠습니다."

민규가 생수병과 빈 잔을 들었다. 여왕의 만찬을 위해 가져온 유리잔을 꺼내고 싶었지만 참았다. 그 잔의 개봉은 여왕이 시작하는 게 옳았다.

"몸을 가뜬하게 하는 약수입니다."

민규가 약수를 건네주었다. 이번에는 지장수였다. 해독 효과가 있으니 답답한 속을 시원하게 씻어낼 일이었다.

"개운하군요. 몸이 싱싱해지는 기분입니다."

"그 물에 실제로 채소나 과일 같은 것을 담가두면 싱싱하게 살아난답니다."

"오, 정말입니까?"

"필요하시면 이걸 써보세요. 요리에 긴요하게 사용할 수 있습니다."

지장수 한 병을 더 건네주었다. 오트너는 보물을 받은 양 좋아했다.

식사를 마칠 즈음 요리사들이 분주해지기 시작했다. 귀빈들 저녁 만찬의 시작이었다. 오늘 초대되는 사람만 200여 명. 각국의 국왕, 수상, 외국사절에 친인척까지 끼었으니 만한전석을 방불케 하는 규모였다.

"굉장해."

창밖의 분위기를 엿보던 종규가 혀를 내둘렀다. 손님 수준이 어마어마했다. 덴마크, 노르웨이 왕족, 스웨덴의 왕세녀는 물론이고, 영국 총리와 호주 총리, 인도 대통령, 미국 외교장관. 거기다 글로벌 기업가에 세계적인 문화 예술인들, 심지어는 맨체스터 유나이티드 등의 축구 톱스타들까지…….

"갈라예프?"

줄지어 들어서는 귀빈들을 바라보던 민규가 벌떡 일어섰다. 미녀를 끼고 귀빈 줄에서 방명록을 적는 사람은 러시아의 가스 재벌 갈라예프였다.

"갈라예프!"

민규가 나가 인사를 올렸다.

"맙소사, 이게 누구요? 코리아의 이 셰프?"

갈라예프는 주변이 떠나가라 큰 소리로 민규를 맞았다. 민규 갈비뼈가 부러져라 포옹도 해왔다.

"이 만찬을 이 셰프가 맡은 것이오?"

"아닙니다. 저는 내일 저녁 생신상의 요리를 맡게 되었습니다."

"저런, 아깝게 되었군. 이 셰프의 요리를 먹게 되나 했더니……."

"몸은 어떻습니까?"

"최고라오. 덕분에 밤이 즐거워졌다오."

갈라예프가 민규 귀에 속삭였다.

"아, 그리고 이쪽은 내 라이벌 알렉세이라오. 인간성이 더러우니 상종은 하지 마시오."

갈라예프가 동행자를 소개했다. 그 역시 석유 재벌이었다.

"그럼 들어가셔서 즐기시죠. 다음에 또 뵙겠습니다."

입구가 붐비므로 짧게 인사를 끝냈다. 귀빈들의 면모는 정말 대단했다. 해외 토픽에서 본 사람들이 수두룩한 것이다. 영국 여왕의 입지는 민규의 상상을 사뿐히 넘고 있었다.

영국 여왕의 생일상.

보통 일이 아니라는 게 실감이 났다.

민규에게 할당된 요리대 쪽에서 내일 요리의 준비를 시작했다. 약재에 따라서는 미리 성분을 우리기도 해야 했고 설기나 단자를 만들려면 멥쌀과 찹쌀을 불려둘 필요도 있었다.

"Ready?"

임시 요리대를 배정받은 민규, 숙수 복장으로 팀 '초빛'을 바라보았다.

"네, 셰프님."

"예, 셰프!"

"오케이!"

마지막 대답은 할머니의 목소리. 할머니까지 분위기를 맞추니 황금 케미의 출발이었다.

"자, 가까이."

민규의 신호를 받은 멤버들이 가까이 머리를 맞댔다. 생일상 중에서도 가장 중요한 개인 약선. 그걸 결정하려는 것이다.

"여왕 폐하의 체질은 火형이다. 연로하시다 보니 풍기가 들었는데 역절풍, 그중에서도 백호풍이다. 풍은 역시 심장 쪽인데 가래와 열을 다스리고 기혈을 잘 통하게 해야 한다. 어떤 약선을 준비해 볼까?"

민규가 화두를 던져놓았다. 종규와 재희의 트레이닝을 겸한 질문이었다.

"풍의 원천이 심장이면 원지를 쓰는 게 좋을 거 같아요. 황기와 더불어 황기원지죽은 어떨까요?"

재희는 근본을 생각했다.

"역절풍이면 삽주나 방풍이라고 본 것 같은데? 황기원지로 죽을 쑤면 삽주는 달달한 설기로 만들면?"

종규도 헛발은 아니었다.

"좋아. 그럼 루이 공으로 넘어가자. 루이 공은 풍비로 보인다."

"풍비의 증상은 어떤가요?"

재희가 물었다.

"팔다리가 저리다."

"그럼 천마가 갑이에요. 싹 말린 게 있어요."

재희의 목소리에 힘이 들어갔다. 약재뿐 아니라 여러 싹 말림도 가져왔다. 민규의 지장수에 담가두면 새싹 못지않게 싱싱해질 일이었다.

"그럼 거기에 배즙을 강화한 유자배숙 첨가. 그럼 기침과 가래에도 좋으니까."

종규의 의견도 쓸 만했다.

"오, 공부 좀 했는데?"

민규가 웃었다. 나날이 발전해 가는 둘을 지켜보는 재미도 쏠쏠했다.

"세푸, 나한테도 좀 물어봐 줘. 노인네 마음은 노인네가 안다잖아?"

할머니가 의자를 당겨 앉았다.

"좋은 생각 있으면 말씀해 보세요."

"늙으면 가슴이 답답하고 똥이 잘 안 나와. 눈도 침침하고 뼈마디가 쑤시고… 특히 잠도 잘 안 와."

"에, 할머니는 코 골면서 잘만 자던데요? 저는 탱크가 온 줄."

재희가 애정 어린 태클을 날렸다.

"이것아, 그거야 힘이 드니까 그렇지. 이 나이에 장시간 비행이 쉬운 줄 알아? 너도 늙어봐."

할머니가 항변했다.

"좋은 의견이네요. 변비와 불면… 많은 어르신들의 애로 사항이지. 마침 영국에 왔으니 제대로 연결되는 약재가 있는데 뭘까?"

민규가 화두를 던져놓았다.

"영국?"

재희와 종규가 서로를 바라보았다. 변비와 불면에 쓰는 약재는 많았다. 그러나 영국과 매칭을 시키려니 막혀 버리는 것이다.

"영국 하면?"

"신사의 나라? 장미의 나라? 안개의 나라? 비의 나라? 축구의 나라?"

종규가 좌라락 나열을 했다.

"한 가지가 빠졌다. 영국의 나무."

"......"

"느릅나무다. 느릅나무 싹 말린 것도 있지?"

"네, 챙겼어요."

재희가 소리쳤다.

"한국 하면 소나무가 생각나듯 영국은 느릅나무가 유명하다. 느릅나무 껍질 유근피는 알고 있지?"

"당연하죠."

"어디에 작용할까?"

"비경, 위경, 폐경, 대장경!"

재희와 종규가 합창을 했다.

"좋았어. 유근피나 유백피는 대소변 불통을 비롯해 거담과 장위염, 손발이 부었을 때도 쓸 수 있지. 어린순을 데쳐 먹으면 불면증도 잡을 수 있으니까 함께 이용하도록 하자."

민규가 마무리를 했다. 방향을 잡았으면 실행이다. 입이 요리를 만들어주는 건 아니었다.

다음 날 아침은 버로우 마켓에서 맞이했다. 런던의 재래시장이었다. 가이드는 놀랍게도 레이첼과 아일라였다. 실은 현주 엘라도 오고 싶어 했지만 그럴 수 없었다. 왕실 종친들의 아침 정찬 때문이었다. 오늘은 여왕의 생일날. 현주가 빠질 수 없는 자리였다.

"셰프님!"

아일라 덕분에 지루하지 않았다. 애교가 보통이 아니었다. 더구나 아일라의 고국이니 안방인 것이다.

"코리아에서 오신 멋진 셰프님이세요. 좋은 재료로 보여주세요."

아일라가 나서면 주인들도 꿈뻑 죽어버렸다. 물건도 좋은 걸 사고, 값도 싸게 치렀다. 버로우 마켓은 쓸 만했다. 물건도 싱싱하고 활기도 가득했다. 한국에서 온 관광객도 더러 보였다. 미국 생각이 났다. 그러고 보면 지구 어디든 인간이 사는 모습은 비슷했다.

대다수 식재료를 구했지만 한 가지가 없었다.

생마였다.

곧게 뻗은 큰 뿌리가 필요했다. 메인 요리에 꼭 필요한 재료였다. 두 팀으로 나눠 마켓을 돌았다. 마가 나오긴 했지만 참마 아니면 작은 것, 혹은 가루 제품들이었다.

'어쩐다?'

잠시 고민을 해봤지만 대안은 없었다. 다른 걸 동원하면 분위기가 달라지기 때문이었다. 레이첼의 도움으로 주영 한국 대사관의 도움을 받았다. 어른 팔뚝만 한 생마는 우여곡절 끝에야 민규 손에 들어왔다.

아침 식사는 레이첼의 집에서 하게 되었다. 그녀의 반강제적인 납치였다. 그 음모에는 아일라도 공범 역할을 했다. 식재료를 궁전에 두고 그녀의 집으로 향했다.

늦은 밤부터 내리던 비는 아직 그치지 않았다. 많은 양도 아니다. 습습한 느낌이라 그리 좋지는 않았다.

"환영합니다, 셰프님!"

아일라가 민규 일행을 맞았다. 새벽 시장을 돌고 왔음에도 아일라의 생기는 넘치다 못해 터지기 직전이었다.

집 안 안내는 아일라가 맡았다. 작은 정원을 보여주고 거실을 보여주고, 대사의 서재와 기념품 방을 보여주었다. 각국의 대사를 나갔던 사람답게 온갖 기념품들이 많았다.

"여기가 내 방이에요."

아일라가 숙녀의 공간을 공개했다.

"와아!"

민규가 탄성을 터뜨렸다. 아일라의 방은 각국 인형의 경연장이었다. 한국의 색동 인형도 있고 일본의 고양이 마네키네코도 있었다. 아일라 방에 퍼질러 앉아 단체 사진을 찍었다.

"엘라가 보면 부러워 죽을 거예요."

아일라는 좋아 어쩔 줄을 몰랐다.

주방으로 내려오자 레이첼이 준비를 마치고 기다리고 있었다.

"준비는 열심히 했는데 셰프님 입맛에 맞을지는 모르겠어요. 그래도 아일라하고 정성껏 만들었으니까 맛이라도 봐주시길 바라요."

"짜자잔!"

아일라가 효과음과 함께 식탁보를 벗겼다.

"……!"

요리를 본 민규 시선이 멈춰 버렸다. 식탁 위를 채운 건 김밥과 김치찌개였다. 돼지 등갈비를 넣고 푹 끓인 김치찌개는 한마디로 감동이었다.

"워메, 김치찌개네?"

할머니가 손뼉을 치며 좋아했다. 몇 끼 되지 않지만 한국 음식이 그리운 할머니였다. 노인은 젊은이와 다르다. 젊은이들은 외국 여행에서 만나는 외국요리에 쉽게 동화될 수 있다. 그들의 위장은 그럴 만한 힘이 있었다.

하지만 노인은 아니다. 그들의 비위장은 그럴 만한 힘이 별로 없다. 많은 경우, 노인들은 낯선 음식을 만나면 꺼려지고 속이 편치 않다. 까탈스러운 게 아니라 위기(胃氣)가 약하기 때문이다. 자칫 모험을 하면 배탈로 이어진다. 그렇기에 노인들은 외국에서도 한국 음식을 찾는 것이다. 노부모를 모시고 외국 여행을 간다면 참고할 사항이었다.

"마음에 드세요? 셰프님?"

아일라가 물었다.

"그럼. 감동인데?"

민규가 아일라의 어깨를 두드려 주었다.

"실은 엄마가 거의 밤을 새웠… 옳."

천기를 누설하는 아일라의 입을 레이첼이 막았다.

"아, 아니에요. 밤은 무슨……."

레이첼이 얼굴을 붉혔다.

"새웠잖아? 그래서 피곤해 죽겠다면서? 그리고 다른 요리는 언제 낼 걸데?"

기왕에 뽀록낸 천기누설. 아일라가 폭주해 버렸다.

"아일라……."

울상을 지은 레이첼이 또 다른 요리를 내왔다. 얇게 저민 훈제 연어와 넙치요리 도버솔, 그리고 훈제 명란젓 스모크 코드 로와 피시앤칩스였다.

"영국 훈제 연어는 스코틀랜드산이 최고거든요. 피시앤칩스는 영국에서 많이 먹는 거라 준비했고요. 넙치는 제가 요리했지만 나머지는 시장에서 사 왔어요. 숨겨도 어차피 아일라가 다 말해 버릴 테니 미리 자수합니다."

레이첼이 선수를 치고 나왔다.

"냄새 좋네요. 진짜 바다 냄새가 납니다."

향을 음미한 민규가 만족을 표했다.

"영국에선 보통 아침에 구운 청어나 베이컨을 먹고 저녁은 홍차에 샌드위치 등을 먹는 것이 전통적인 식생활이었어요. 하지만 지금은 거의 그렇지 않죠. 아침에 김치와 찌개에 흰밥을 챙겨 먹지 않는 한국 사람들이 많듯이……."

레이첼의 설명을 들으며 식사를 시작했다.

할머니는 닥치고 김치찌개부터, 종규와 재희는 피시앤칩스가 먼저였다.

"할머니, 이게 영국 유행 음식이에요. 영국에 오면 피시앤칩스 정도는 먹어줘야 해요.

재희가 말하지만…….

"너나 많이 먹어라. 나는 밥에 김치가 최고여."

할머니는 부러운 눈치조차 없었다.

김밥은 조금 된밥이었다. 반찬도 물기를 제대로 짜지 않아 맛이 떨어졌다. 그래도 김치찌개는 예술이었다. 다행히 김치가 잘 숙성되었고 끓인 시간도 길었다. 등갈비 맛이 제대로 배었으니 김밥의 허술함쯤이야 상쇄되고도 남았다.

"아이고, 김치찌개 솜씨가 우리 세프급이네그랴."

할머니는 대만족.

"할머니는 그럼 여기 사셔야겠네요."

재희가 슬쩍 염장을 지르자…….

"뭔 소리여? 죽어도 같이 죽고 살아도 같이 살아야지."

…하며 멤버의 결의를 불태웠다.

아침 식사를 끝내고 오는 길에 승마장에 들렀다. 왕세자와 엘라가 말을 타고 있었다. 엘라의 말은 망아지였다. 엘라의 망아지가 잠시 멈췄다. 볼일을 보는 것이다. 엘라가 코를 막았다. 그러다 민규를 보고 손을 흔드는 엘라.

"아, 우리 현주님 난감하겠네."

종규가 웃었다.

"난감하기는? 저 망아지 똥도 궁중에서는 귀한 차로 쓰였는데."

"망아지 똥이?"

"그래. 나중에 찾아봐라. 이제는 만들 일이 별로 없겠지만."

망아지 똥 냄새를 뒤로하고 궁전으로 돌아왔다. 입구에서부터 놀랐다. 축하 꽃이 산을 이루고 있었다. 런던 시민과 관광객들이 놓고 간 여왕의 생일 축하 꽃들이었다. 온갖 꽃들의 향을 맡으며 주방에 들어섰다. 어제나 아침과 달리 한산해 보였다. 아침 만찬을 끝으로 대행사의 폭풍이 지나간 것이다.

'이제 내 차례로군.'

민규가 숙수복을 꺼내 입었다. 본격 요리에 돌입할 시간이었다.

체크!

크로스 체크!

확인에 확인을 거듭하며 만반의 준비를 갖추었다. 오후 2시, 야생초 재료와 채소 재료 등을 손질할 때 그레이스가 들어섰다.

"셰프님."

운을 떼는 그녀의 표정이 어두워 보였다.

"죄송하지만 문제가 좀 생겼습니다."

"문제라고요?"

"여왕 폐하의 건강이 갑자기 나빠져서 저녁 생일 만찬을 취소해야 할 것 같습니다."

취소?

웬 느닷없는 청천벽력?

"요 며칠 전부터 건강이 좋지 않으셨는데 어제오늘 생일 손님들 맞으시느라 무리를 하신 거 같습니다. 아침 정찬에서도 입맛이 없으시다면서 생선구이를 조금 드시고 말았는데 약을 드신 후로는 더 다운되셔서 일어나지 못하고 계십니다."

맥락으로 상황을 파악한 재희와 종규의 표정이 싸늘하게 굳었다. 영어를 모르는 할머니도 분위기를 알았다.

"생선을 먹었다고요?"

민규가 바로 반응을 했다.

"예……."

"맙소사, 오트너 셰프에게 생선과 닭, 식초 등은 삼가달라고 부탁했는데……."

"생선과 닭은 여왕 폐하께서 즐기시는 요리입니다. 어쨌든 거의 거동을 못 하시니 조금 안정을 취해보고 병원에 입원을 하는 쪽으로 가닥을 잡고 있습니다. 셰프님께는 미안하지만 어제와 오늘 아침 행사까지 마치신 것만 해도 다행입니다."

"오트너 셰프는 어디 있습니까?"

민규가 조리사들에게 물었다. 조리사 하나가 오트너를 찾아왔다. 그는 학교에서 돌아온 공자들의 점심 식사를 챙겨주던 중이었다.

"나를 찾았습니까?"

그가 다가왔다.

"아침에 여왕 폐하에게 생선을 주셨습니까?"

"예, 그렇습니다만."

"그럼 설마 어제도?"

"예, 저녁 만찬 때 치킨 수프와 생선구이를 올렸습니다만."

맙소사!

민규 혈압이 확 올라갔다. 임계점 근처에서 위태로워 보이던 여왕의 역절풍. 오트너가 뇌관을 제대로 눌러 버린 것이다.

"제가 말씀드리지 않았습니까? 닭고기나 생선, 식초는 삼가주시면 좋겠다고?"

민규가 목청을 높였다.

"그랬었나요? 제가 워낙 바빠서 깜빡한 모양입니다. 하지만 그 요리들은 여왕 폐하께서 즐겨 드시는 요리입니다. 몸이 안 좋거나 할 때 컨디션 회복용 기분 전환 요리로……."

"기분 전환이 아니라 독을 드린 겁니다."

민규가 잘라 말했다.

"셰프……."

"그레이스, 나를 여왕 폐하께 안내해 주세요."

"셰프."

"제가 여왕 폐하를 도울 수 있습니다. 안내해 주세요."

민규가 두건을 벗어놓았다. 목소리에는 힘이 팽팽하게 실려 있다. 그 모습에 압도된 그레이스가 간신히 입을 열었다.

"여왕 폐하의 거처는 엄중한 출입 금지령이 내려져 있지만 루이 공과 왕세자님께 셰프님의 뜻을 전해보겠습니다."

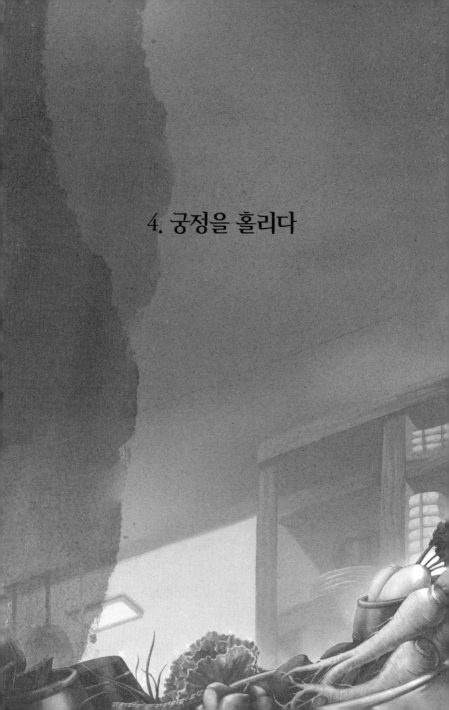

4. 궁정을 홀리다

"셰프."

왕세자가 나왔다. 루이 공과 함께였다.

"그레이스에게 뜻을 전해 들었습니다. 마음은 고맙지만 여왕 폐하는 지금 절대안정이 필요합니다. 왕립병원에서 나오신 주치의의 의견입니다."

"왕세자님⋯⋯."

"여왕 폐하께서도 서운해하십니다. 어제 셰프의 약수를 먹고 기분이 좋았다며 기대하고 계셨는데⋯ 자기는 됐으니 현주의 생일이나 잘 진행하라고 하셨습니다."

"저는 식사를 드리겠다는 게 아닙니다. 장담은 못 하지만 제 생각이 맞다면 약수나 수프 정도로 해결이 됩니다. 한국에서는 병은 자랑하라는 옛말이 있는데 이는 많은 방법을 찾아보려는 지혜입니다. 인간의 질병은 꼭 약으로만 해결되는 게 아닙니다. 영국도 중세에는 그랬고 현재도 왕립약초연구소를 통해 다양한 방법을 찾고 있지 않습니까?"

"셰프께서 우리 약초연구소도 아십니까?"

"제가 약선요리사 아닙니까? 도움이 되는 일은 뭐든 공부하려고 애쓰고 있습니다."

"어떻게 할까요?"

왕세자가 루이를 바라보았다.

"글쎄… 닥터가 허락하지 않을 텐데……."

"잠깐만요."

민규가 물컵을 집었다. 중풍에 효력이 있는 국화수를 소환하고 약재 통에서 뽕나무가지 가루를 꺼내 함께 끓였다.

"이걸 한번 드셔보시죠."

민규가 그 물을 루이에게 건넸다.

"무슨 물이오?"

"어제 드신 약수에 뽕나무가지 가루를 조금 넣었습니다. 루이 공 또한 풍의 일종인 풍비가 있어 팔다리가 저립니다. 저녁 생신상 요리에서 해결해 드릴 생각이었으나 일이 이렇게 되었으니 미리 처방을 합니다. 나머지는 저녁 요리 때 추가하면 팔다리의 저림이 완전히 나을 것입니다."

"이걸 먹으면 팔다리 저린 게 낫는다고요?"

"드셔보십시오. 효과가 없으면 고집부리지 않겠습니다."

"으음, 어제 마신 물맛이 좋기는 했지만 팔다리 저림까지야……."

루이의 고개가 갸웃 돌아갔다. 그때 그레이스와 오트너가 지원사격을 해주었다. 어제 그들이 경험한 마법의 경험담이었다.

"그러고 보니 그레이스 얼굴의 홍조가 사라졌군?"

"예."

"오트너도 다리를 절지 않고?"

"예."

확인을 마친 루이, 물을 들여다보더니 천천히 마셨다. 물은 식도를 타고 위장으로 내려갔다. 그 느낌은 못 견딜 정도로 짜릿했다. 몸서리가 나는 것이다.

'응?'

몸서리가 멈추자 역반응이 왔다. 손발에 전류라도 흐르는 듯 저림이 더 강해진 것이다.

"이보시오, 셰프……."

"보고 있습니다. 손발의 저림 자극이 더 강해졌지요?"

"그게 보이오?"

"조금만 기다려 보십시오. 그 자극이 지나가면 불편함이 나을 겁니다."

"허어, 이거야 원……."

난감해하던 루이 공의 표정이 굳어버렸다. 말이 끝나기도 전에 손발 저림이 멈춘 것이다. 한마디로 급정거였다.

"안 좋습니까?"

왕세자가 루이에게 물었다.

"아니, 그게……."

손을 주무르던 루이가 뒷말을 이었다.

"시원한데?"

"……!"

여왕 앞에 선 민규의 시선이 파르르 떨렸다. 그녀를 지탱하던 임계점이 무너져 있었다. 혼탁은 위장을 중심으로 등과 심장, 손발에까지 뭉쳐 있었다.

"여왕 폐하!"

허덕이는 여왕을 향해 민규가 입을 열었다. 왕립병원 주치의가 참관하는 자리였다. 그의 양해는 왕세자가 구해주었다.

"어제 생선을 먹고 몸이 처지게 되셨지요?"

"예. 그래서 약을 먹었는데 오히려 더……."

생선 중독.

거기에 더해 약 중독.

민규가 상황을 파악했다.

"등뼈까지 뻣뻣하면서 아프군요?"

"맞아요. 그래서 더 못 움직이겠네요."

"그건 제가 바로 해결해 드리겠습니다."

민규가 돌아보았다. 작은 테이블에 과일 접시가 있었다. 거기 놓은 작은 포크를 집어 들었다. 여왕의 인중을 자극했다. 등뼈가 갑자기 뻣뻣해지면서 아플 때는 인중을 자극하면 풀린다. 정진도의 노하우였으니 의심할 것도 없었다.

"살짝 움직여 보세요."

민규가 말했다.

"안 되네요."

여왕이 울상을 지었다. 자극을 조금 강하게 넣었다.

"아!"

여왕 몸이 들썩이더니 신음이 나왔다. 강철처럼 굳었던 척추가 만곡을 보인 것이다.

"여왕 폐하?"

주치의가 다가섰다.

"허리가 움직여요."

여왕이 몸을 뒤틀었다. 시체처럼 뻣뻣하던 몸이 아니었다.

"나머지도 제가 해결해 드리겠습니다. 일단 이 물을 마시고 기다려 주시고요, 닥터께서는 저와 함께 주방으로 좀 가주셨으면 좋겠습니다."

지장수에 마비탕을 더해 소환해 준 민규가 주치의를 바라보았다. 지장수는 약을 먹고 약 기운에 취해 후달릴 때 좋았다.

마비탕은 여왕의 역절풍에 도움이 되는 약수. 약선요리가 나오기 전에 몸을 돕는 조치였다.

의사를 데려가는 건 확인용이었다. 약선요리에 대한 의구심을 원천 봉쇄 하는 것.

뭐가 들었느냐?

어떤 성분이냐?

공인된 약재냐?

의사라면 신경이 쓰일 수 있었다. 그는 한국의 길두홍이나 이규태 박사처럼 민규를 잘 알지 못하는 까닭이었다.

"재희야, 쌀과 수수를 5 대 1 비율로 해서 죽물 좀 안쳐라. 종규는 동과하고 진피 좀 찾아오고. 서둘러!"

지시를 내리고 약선요리 준비에 들어갔다. 간단하게 미음 형식이었다.

"이건 채소고 이건 귤껍질, 그리고 이건 쌀입니다. 문제 될 건 없겠죠?"

민규가 재료 확인을 시켰다. 성분에 대해 이의 제기가 나올 만한 재료는 꺼내지도 않았다. 재료를 본 주치의가 어깨를 으쓱해 보였다.

"그리고 이건 한국의 특별한 소금입니다."

붉나무소금은 아예 주치의 손바닥에 쏟아주었다. 맛을 본 그는 여전히 입맛만 다셨다. 소금치고는 괜찮았던 것.

"죽물 나왔습니다."

재희가 죽물을 받아 왔다. 지장수에 끓여낸 죽물이었다. 거기에 동과의 즙과 진피 달인 물을 섞었다. 동과의 즙과 진피 다린 물은 생선을 먹고 후달릴 때 명약이다. 약을 먹고 중독된 후달림에 대한 건 쌀가루와 지장수면 되었다. 마지막으로 첨가한 볶은 소금은 심장의 압박감을 없애준다. 그 시너지를 위해 하빙을 죽 그릇 둘레에 둘러 약선미음을 식혔다. 하빙역시 가슴이 답답한 데 좋았다.

약선미음 완성.

고명은 아몬드 가루를 뿌려놓았다. 그 또한 심장을 돕는 구성이었다.

"부탁합니다."

죽 그릇은 그레이스에게 넘겨주었다. 알맞게 식은 터라 넘기기 어렵지 않았다. 왕세자와 루이, 주치의의 시선이 집중되었다.

울컥!

첫 모금이 넘어갔다. 쌀은 여왕의 체질에 맞춰 수수를 넣었기에 단내와 그슬린 맛이 서렸으니 여왕의 입맛에 다르지 않았다. 죽도 아니고 미음이니 술술 넘어갔다. 하지만 거기까지. 절반도 못 먹고서 고개를 저었다. 아침 때문이었다. 생일 만찬장에서 살짝 과식을 했다. 생선 독에 약물 독까지 겹치면서 속도 편치 않았다. 그렇기에 산해진미도 귀찮은 상황이었다.

아차 싶었다.

요수를 빼먹은 것이다.

"이 물을 드시게 하고 다시 먹여주세요."

민규가 요수를 소환해 주었다.

"아니, 이제 그만 먹으렵니다."

여왕이 고개를 저었다.

"왕세자님."

민규가 왕세자를 돌아보았다. 완곡한 눈빛이었다. 별수 없이 왕세자가 나섰다. 여왕은 마지못해 물을 받아 마셨다.

꾸룩!

트림과 함께 요수가 넘어갔다. 그 물이 위를 적시자…….

"……?"

여왕의 위가 살포시 입을 벌려주었다. 만사 귀찮던 식욕이 살짝 돌아온 것이다. 다시 미음이 들어갔다. 마지막 한 수저가 여왕의 목을 타고 넘어갔다. 그녀의 기사회생(?)에 맞춘 약선미음. 죽은 사람을 깨우는 것까지는 아니지만 이 또한 작은 기사회생일 수 있었다.

"잠이 드세요."

그레이스가 속삭였다. 잠시 눈을 감았던 여왕은 이내 잠이 들어버렸다. 별수 없이 기다렸다. 여왕을 깨울 수는 없는 일이었다.

30분. 1시간…….

그리고 거기서 10분이 더 지났을 때 여왕이 살포시 눈을 떴다.

"폐하!"

침대머리에 앉아 있던 그레이스가 입을 열었다. 창밖을 바라보던 주치의도 다가섰다.

"어떠세요?"

"기분이 괜찮아요."

여왕이 몸을 일으켰다. 내친김에 침대에서 내려와 의자에 앉았다. 얼굴 살빛도 정상으로 돌아오고 헤픈 미소도 거의 사라졌다. 심장에 기가 오른 것이다.

"몸이 분해된 것처럼 무기력하더니 아주 가뜬해졌어요."

"잠깐만요."

주치의가 진찰에 들어갔다. 간호사도 혈압과 열을 체크했다.

"허어!"

주치의가 한숨을 쉬었다. 여왕 몸에 서렸던 위태로움이 사라진 것이다.

"이제 저녁 생신 테이블에 오실 수 있겠지요?"

민규가 물었다.

"당연하죠. 몸이 많이 개운해졌는걸요."

"아직 불편이 조금 남았습니다. 그건 저녁 요리에서 해결해드리겠습니다. 그럼……."

인사를 남긴 민규가 돌아섰다. 이제는 더 지체할 시간이 없었다.

"이봐요, 코리아 셰프."

여왕이 민규를 불렀다.

"고마워요. 당신이 진짜 마법사예요."

여왕이 웃었다. 병든 심장 때문에 저절로 웃는 헤픈 미소
가 아니었다.

"셰프님!"

주방에 들어서자 재희와 종규가 다가왔다.

"여왕 폐하의 생신상, 예정대로 진행한다. 한국 약선요리의
참맛 한번 제대로 선보여 주자고."

민규의 목소리에는 묵직한 힘이 팽팽했다.

—뽕나무가지 가루와 오디에 꿀과 생강에 절인 모과를 더한
약선새팥수프.

역절풍 치료를 위한 여왕 요리의 군신좌사에서 '군'은 새팥
죽에게 맡겼다. 팥은 火형 체질에 좋으니 체질에 맞추었고 뽕
나무가지와 열매의 조합으로 풍을 다스릴 생각이었다. 뽕나무
가지는 풍을 치료한다. 나아가 오디로 알려진 상심자는 음을
보하는 보음에 더불어 열증을 동반하는 증상에 좋았다. 아울
러 진액까지 보충해 주니 여왕에게 딱이었다. 모과는 가래를
위한 포석이었다. 죽물로 마비탕과 열탕에 국화수를 넣었으니
기혈을 올리고 경락을 열어 풍의 치료에 가속을 붙이는 구성

이었다. 마무리로, 구운 실 파래를 살짝 올리고 세 가지 꽃 오림을 놓으면 끝.

'신'은 궁중장생국수를 계획했다. 국수는 생일상에 빠질 수 없었다. 오미자와 구기자, 쑥, 치자 등으로 다섯 가지 면발을 만들었다. 반죽에 원지와 감초, 황련, 붉나무소금을 섞었으니 심계항진을 막고 심장의 열을 내리는 동시에 가슴의 압박통을 겨냥했다. 각 색을 열 가닥씩 꼬아내고 마지막은 아홉 가닥을 꼬았다. 오방색으로 구성된 이 배색은 여왕의 문장에 등장하는 다섯 색깔과도 같았다. 그걸 돌돌 말아 수직으로 아홉 층을 쌓을 생각이었다. 가운데는 장미 문양으로 오린 대추살 장식을 올린다. 모양에 더불어 간에 좋은 것이니 '좌사'의 마감이자 장수를 기원하는 첫 작품이 될 예정이었다.

다음은 루이 공의 풍비를 위한 약선요리.

그의 '군'은 천마를 내세웠다. 깊은 산의 정기를 머금은 몸통에 파릇하게 살아난 싹을 더한다. 팔다리가 저린 풍비에는 천마가 좋다. 싹은 더욱 좋다. 여기에도 뽕나무가지 가루와 달달한 배즙을 더해주었다. 배즙 역시 풍에 좋은 재료다. 초자연수의 구성은 여왕과 궤를 같이하면 되었다.

—약선천마수프.

여왕 부부의 약선요리를 구상한 뒤에야 오늘의 이벤트 요리로 넘어갔다.

—생신 축하 약선무지개설기.

모두를 놀라게 할 민규의 야심작.

그 준비까지 마치고서야 초자연수의 유리잔을 꺼내놓았다. 유리공예가 이상배에게 새로 주문한 물컵들. 그게 공개되자 주방이 환하게 변했다.

"원더풀!"

오트너와 셰프들이 몰려들었다. 주방 식기의 화려함이라면 세계 어느 주방에도 빠지지 않는 버킹엄 주방. 그러나 민규의 유리컵들은 그 안에서도 군계일학의 포스를 연출했다.

"어떤 용도입니까?"

오트너가 물었다.

쪼르륵!

그에게 정화수 한 잔을 소환해 주고 연회장으로 향했다. 거기 여왕이 나와 있었다. 그의 생일을 축하해 줄 왕가 패밀리들도 모두 자리를 잡았다.

11명.

그들 앞으로 민규가 들어섰다. 뒤따르는 사람은 재희였다. 그녀는 시릴 정도로 우아한 물컵과 전채를 담은 카트를 밀었다. 떨렸지만 떨지 않았다. 그 앞에 걷는 사람은 이민규. 그녀가 사무치도록 존경하는 셰프였다. 그런 사람과 함께 있기에 재희는 버틸 수 있었다.

세계가 주목하는 여왕의 생일상. 버킹엄궁전에서 홍보를 한 건지 기자들도 수십 명이나 몰려와 있었다.

"오늘 요리를 모실 이민규 셰프입니다."

인사를 마친 민규가 고개를 들었다. 여왕과 패밀리들의 시선이 민규에게 쏠렸다. 이미 여왕의 기사회생(?) 에피소드가 전해진 상황. 그들의 시선 속에는 기대감과 경이감이 동시에 반짝이고 있었다.

"먼저 여왕 폐하의 89세 생신을 진심으로 축하드립니다."

민규가 여왕에게 허리를 숙였다. 재희도 행동을 같이했다.

짝짝!

여왕이 박수를 쳐주었다. 이미 자신의 애로를 달래준 셰프. 요리는 어떤 게 나올까 궁금하기 짝이 없었다.

"제 오르되브르는 약수와 양갱입니다. 약수는 모두 세 잔씩 체질에 맞춰 만들어 드릴 것이며 양갱은 식욕을 위해 새콤한 석류양갱과 짭조름한 두부양갱을 준비했습니다."

민규의 설명과 함께 재희가 움직였다. 여왕을 필두로 루이와 왕실 패밀리들에게 양갱을 세팅해 주었다. 현주 엘라는 맨 마지막이었다.

"그럼 지금부터 약수를 만들어 드리겠습니다."

민규가 즉석 약수 제조에 들어갔다.

여왕의 세 컵은 요수—마비탕—국화수였고, 루이의 세 컵은 열탕—요수—국화수였다. 물의 배합은 사람마다 바뀌었다. 임산부로 참석한 공녀에게는 조금 더 신경을 써주었다. 그녀의 가슴에 약간의 혼탁이 있지만 민망한 부위라 차마 묻지는 못했다. 그녀의 건강을 해치는 정도도 아니었다.

약수를 제조해 가던 민규가 다음 차례에서 멈췄다. 60대의 공작이었다. 그의 몸에서 열이 느껴졌다.

'오열(惡熱)증상······.'

오열은 몸이 쇠약해지고 더운 것을 싫어하는 병증이었다. 민규의 초자연수 마비탕으로 해결할 수 있었다.

"공작님, 더운물은 싫으시죠?"

민규가 말을 건넸다.

"그렇소만."

"발이 무척 뜨거운 것 같습니다. 양말도 불편하시죠?"

"귀신이구려. 내가 여왕 폐하 앞이라 부득이 신고 있습니다만 해열제를 깜빡 잊고 왔더니 더 덥구려."

공작이 웃었다. 여왕과 가깝기에 가벼운 농담을 할 수 있는 그였다.

"공작님의 열은 해열제로 다스릴 수 있는 게 아닙니다. 그렇지 않나요?"

"그건 맞소. 먹어도 잠깐뿐이오만."

"그 열은 동양사상으로 치면 음양의 음을 보충해야 낫는 것이지 해열제를 오래 쓰시면 큰 병이 됩니다."

"그래요?"

"이 물을 드시면 좋아지실 겁니다."

초자연수를 소환했다. 세 잔 전부 음을 보하는 정화수

였다.

"어헛, 정말 몸이 시원해지네? 그것 참……."

물을 마신 공작은 빈 물잔에서 눈을 떼지 못했다. 그가 먹던 해열제보다 백배는 나았던 것.

자작을 지나 공녀 앞에 서니 그녀의 체질창도 좋지 않았다. 이번에는 목이었다. 그녀는 목이 잠겨 말을 제대로 하지 못했다. 그러나 목의 질환이 아니었다. 그 또한 기가 너무 약해져 말이 나오지 않는 것.

'그렇다면 마비탕…….'

공녀 또한 그 물을 마신 후에 목소리가 좋아졌다.

짝짝짝!

엘라의 물까지 준비가 끝나자 일동에게서 박수가 나왔다.

"여왕 폐하, 탄신을 축하드립니다. 죄송하지만 셰프에게 질문을 하나 해도 되겠습니까?"

지켜보던 기자들이 아우성을 쳤다.

"그거라면 셰프의 허락을 받는 게 맞을 것 같군요. 우리 모두를 홀린 마법사시니."

여왕의 조크는 곧 허락을 의미했다. 기자들의 질문은 물에 대한 것이었다. 민규가 준비한 원수는 생수. 보여준 건 작은 퍼포먼스들. 그것만으로 치료가 되니 이해가 안 되는 기자들이었다.

"설명하려면 시간이 걸리고 그렇게 되면 여왕 폐하와 패밀

리께서 기다려야 하니 샘플로써 보여 드리겠습니다."

민규가 작은 컵들을 펼쳤다. 20여 가지의 물을 소환해 주었
다. 기자들은 그 물을 조금씩 나누어 맛을 보았다. 물마다 혀
를 내두르는 모습은 보지도 않았다.

그들을 뒤로하고 요리가 시작되었다. 한눈팔 민규가 아니었
다. 전채가 나왔으니 이제는 오직 직진이었다.

17세기.

오늘 민규 요리가 관통하고 있는 키워드였다. 17세기는 대
영제국의 영광이 시작되는 시기였다. 그 시기의 고전 요리서
에 '요록'이 있었다. 마침 건배주 출주도 요록이 출전이었다. 여
왕의 생일을 영국의 영광으로 승화하는 것도 좋을 것 같았다.

사사삿!

민규의 칼이 바람처럼 움직였다. 칼이 자르는 건 영국 최고
의 소고기였다. 살짝 얼렸다 떠내는 고기는 복어회를 방불케
할 정도로 얇았다. 설야멱적 방식으로 구워냈다. 방제수와 국
화수, 추로수 얼린 물을 갈아 고루 담가가며 구웠다.

추로수를 더한 건 주인공을 강조하기 위한 선택이었다. 피
부와 살결이 고와진다. 늙은 여왕도 여자다. 예뻐지려는 꿈이
왜 없을까? 추로수는 장수하는 물이기도 하니 의미도 맞았
다.

뒤를 이어 준비된 건 넙치였다. 살만 떠내 곱게 다졌다. 씨

간장에 살짝 띄웠던 계란 노른자에 찹쌀을 소량 섞어 반죽을
했다. 찰기를 위한 처방이었다.

두 번째 요리는 양고기였다. 지장수와 납설수를 더해 삶아
낸 고기는 부드럽기 짝이 없었다. 이 또한 치아가 부실한 여
왕 부부가 먹는 데 애로가 없을 일. 얇게 저민 고기를 접고
접어 썰어내니 민가의 칼국수와 닮았다. 그 길이가 1m에 가
까운 것이다. 이 고기는 육면을 위한 재료였다.

만두로 나간 소방에는 도루묵의 알과 야생초 무릇, 그리고
최근 각광받는 핑거라임을 재료로 갖추었다. 핑거라임은 버로
우 마켓에서 구해 왔다.

두 개의 대형 찜통에서 김이 올라오기 시작했다. 이제는 생
마를 꺼내 들었다. 어쩌나 대물인지 야구방망이에 버금가는
위용의 마. 껍질을 벗겨 조각을 시작했다. 조각이 끝나자 한쪽
에는 황금 코팅을 씌웠다. 힐금 재희와 종규를 돌아본다. 상
화병에 증병, 청병을 맡은 종규는 한눈조차 팔지 않았다. 재희
는 요화삭과 연약과, 다식에 여념이 없다. 할머니도 노는 건
아니었다. 샐러드에 올릴 산나물을 정리하고 정과단자를 풀었
다. 출주의 관리도 할머니 몫이었다.

오트너와 그의 셰프들은 조금도 방해하지 않았다. 궁금증
이 목까지 치밀어도 먼발치에서 곁눈질할 뿐이었다.

하르르!

찜통의 김이 무르익었다. 이제는 정리할 차례였다.

"재희?"

민규가 비로소 호명을 했다.

"완성 2분 전입니다."

"종규!"

"저도 3분이면 됩니다."

"이모."

"나도 끝."

세 조력자의 대답은 시원했다. 재희의 손이 세팅을 끝내는 순간 민규의 수프가 나왔다.

—약선새팥수프.

—약선천마수프.

—약선타락수프.

위의 둘은 여왕 부부의 것이고 타락은 나머지 왕족을 위한 요리. 죽이 아니라 수프로 맞춘 건 서양인의 입맛을 고려한 배려였다. 이 수프는 삼색부각과 함께 내주었다.

"개운하네요?"

"그러게요. 속에 청명한 기운이 들어오는 것 같소."

"수프가 너무 고소하고 상쾌해요."

여왕에 이은 왕족들의 소감이었다. 그 소감이 채 가시기 전에 민규의 아름다운 도발이 시작되었다. 마침내 메인 요리가 등장하는 것이다.

"……!"

요리 카트가 주르륵 멈추자 왕족들의 시선이 집중되었다. 앞선 민규가 끄는 카트의 요리 때문이었다. 은막에 가려진 요리의 높이는 족히 1m는 되어 보였다.

뭘까?

높이부터 궁금증을 야기하는 민규였다.

"수프는 입맛에 맞았습니까?"

민규가 여왕에게 물었다.

"너무 좋았어요. 이걸 먹으니 손발에 남았던 약간의 저림까지 사라졌네요. 심장의 압박도 전혀 느껴지지 않고……."

"두 고질 애로를 없애는 식재료로 만든 수프였습니다. 앞으로 식초와 닭고기, 생선만 조금 가리시면 괜찮을 걸로 압니다."

"고마워요, 셰프."

"그럼 오늘의 메인 요리 시작을 허락해 주시겠습니까?"

민규가 정중히 물었다. 여왕의 위엄을 살려주는 질문이었다.

"이 식사 시간 동안에는 셰프에게 나의 왕권에 버금가는 위엄을 허락합니다."

여왕이 조크로 허락해 주었다.

카트를 여왕 옆으로 붙인 민규, 재희의 도움을 받아 가림통을 제거했다.

"와우!"

왕족들이 벌떡 일어섰다. 엘라도 그랬다. 민규가 공개한 건… 무려 1m에 이르는 약선떡이었다. 직경 30cm를 시작으로 켜켜이 쌓인 오색의 설기는 촉촉하고 부드러워 보였다. 그 색감 또한 무지개를 베어다 놓은 듯 선명하고 아름다웠다. 그러나 왕족들이 놀란 건 설기의 자태 때문이 아니었다.

양쪽에서 설기를 잡고 있는 두 개의 상징. 사자와 유니콘이었다. 왼편에는 붉은 왕관에 빛나는 황금 사자, 오른편에는 시리도록 하얀 유니콘. 바로 여왕의 문장에 쓰인 상징이었으니 비율만 다를 뿐 마치 살아 있는 듯 생생한 위엄이었다.

그걸 조각한 재료는 바로 대물 생마. 사자의 붉은 발톱과 유니콘의 황금 발굽, 꼭대기 사자의 흰 발톱까지 구현해 놓았다. 어렵게 구한 재료라 그런지 더욱 돋보이고 있었다.

감동은 거기서 끝나지 않았다. 설기를 쌓은 초대형 접시의 바닥. 거기에도 꽃이 피었다. 가지런히 오려놓은 잎사귀는 영국의 나무로 불리는 느릅나무잎. 그 위에 사뿐 올라앉은 빨간색 장미와 보라색 엉겅퀴, 그리고 초록의 클로버. 이는 웨일스를 제외한 영국의 국화들이었으니 민규의 꽃 오림이 빛을 발한 것. 마지막은 설기의 위에서 내려온 세 줄의 리본이었다.

리본의 가운데는 여왕의 생일 축하 문구.

오른쪽은 문장의 한 문구인 Honi soit quimal y pnese.

왼쪽 역시 문장의 문구 Dieu et mon droit.

그걸 새긴 리본은 늙은 호박을 반 뼘 넓이로 길게 썰어 말렸다 쪄낸 것. 항암효과가 뛰어난 것이니 먹어도 문제가 없을 일이었다.

"맙소사!"

여왕의 탄식은 설기의 꼭대기를 볼 때까지도 멈추지 않았다. 거기 우뚝한 건 생생한 왕관, 그리고 그 위에서 호령하는 또 하나의 황금 사자. 설기 자체를 여왕의 문장으로 승화시켜 버린 민규였다.

"원더풀!"

여왕의 박수가 나왔다. 설기 주변으로 몰려든 왕족들도 박수를 멈추지 못했다.

찰칵찰칵!

카메라가 쉴 새 없이 터졌다. 여왕이 원하기에 설기 뒤에 서서 기념 촬영도 했다. 설기 하나로 좌중을 휘어잡는 민규였다.

그러나 이 감동은 하나의 줄기에 불과했다. 다음으로 나온 궁중장생국수는 완전한 대조로 시선을 끌었다. 대형설기에 이어진 장생국수는 딱 한 젓가락 수준. 그러나 말아놓은 게 예술이었다. 다섯 가지 국수의 위엄은 비범했으니 그 또한 여왕의 문장에 쓰인 오방색의 구현이었다. 아름답게 똬리를 튼 국수 위에는 붉은 장미가 피었다. 진짜 영국 장미를 오려낸 것이니 먹어도 문제가 없을 일이었다.

"약선에 더불어 폐하의 생신을 축하하는 의미입니다. 장수를 기원하는 요리이기도 합니다."

민규의 설명이 끝나기도 전에 박수가 나왔다. 그 선명한 컬러와 의미에 압도되지 않을 수 없는 왕족들이었다.

　이제 본격 세팅이 시작되었다. 재희가 건네주면 민규가 받아 자리를 잡았다. 종규의 것들도 그렇게 세팅이 되었다.

　—약선무지개설기.

　—궁중장생국수.

　—약선설야멱적어쌈.

　—약선양고기육면.

　—궁중소방.

　—약선산야초튀김.

　—궁중상화병.

　—청포묵부침.

　—연삼고구마묵.

　—방아꽃 아카시아꽃 들깨순부각.

　—약선해초모듬.

　—배를 넣은 백김치.

　—궁중다식.

　—요화삭과 연약과.

　—삼색정과.

　—마복령경단.

　—유자단자쑥단자.

　—대추약편.

—망개순—마샐러드.

"오, 마이 갓!"

"원더풀!"

"그레이트!"

세팅이 끝나자 온갖 감탄사가 흘러나왔다. 몇몇 왕족들은 일어선 채 앉지도 못하고 있었다. 자연의 축복을 그대로 옮겨놓은 듯 신선한 위엄의 요리들. 고베의 코하루에게서 얻어 온 궁중다식판의 문양도 한몫을 하고 있었다.

"이 와인은 출주라고 귀한 약재로 빚어낸 술입니다. 젊음을 돌려주고 몸을 윤택하게 해주는 술이니 여왕 폐하의 건배주로 손색이 없을 것 같아 정성껏 준비를 했습니다. 아울러 오늘 요리는 영국의 영광이 시작되는 17세기에 맞추어 코리아의 17세기 대표요리를 테마로 꾸몄습니다. 모쪼록 즐거운 시간이 되시기 바랍니다."

"오오, 이게 코리아의 17세기 요리라고?"

왕족들이 웅성거렸다. 먼 과거에서 달려온 전통요리. 그 의미만으로도 관심을 제대로 받았다.

건배주 '출주'가 나왔다. 민규가 여왕에게 첫 잔을 따랐다. 와인 잔을 그대로 썼으니 깊은 자홍색은 시선이 뽑아낼 듯 환상적이었다.

"건배, 다들 자리를 빛내줘서 고마워요."

여왕이 잔을 들었다. 왕족들도 함께 잔을 들었다.

"맛이 좋네요. 깔끔하게 입에 붙어요."

여왕의 평이 나왔다.

식사가 시작되었다. 민규와 재희, 종규는 식사 시중을 들며 여왕을 지켜보았다. 장생국수를 먹은 여왕이 설야멱적어쌈을 집었다. 입으로 들어갔다.

"후우!"

입안 가득 맛깔이 돌았다. 주체할 수 없어 코로도 밀려 나왔다.

"이거?"

루이가 여왕을 바라보았다. 그도 다르지 않았다.

"세상에, 풍미의 홍수네요. 이 안에 든 게 넙치와 은대구로군요?"

여왕이 말했다.

"맞습니다."

"고기 살 속에서 나오는 고소함과 부드러움… 그 풍미에 더해지는 소고기의 강렬한 뒷맛. 이건 정말……."

그녀가 또 하나를 집어 들었다. 그 맛이었다. 너무 진하고 강렬해 하나만으로 성이 차지 않았다. 적어도 세 개는 거푸 입에 넣어야 만족하게 되는 맛이었다.

"장수하는 약수와 눈이 맑아지는 약수, 거기에 피부가 고와지는 약수에 재워가며 구워낸 소고기 요리 설야멱적입니다. 코리아의 왕들이 즐기던 요리의 하나입니다. 거기에 서양인들이 좋아하는 넙치와 은대구를 가미했습니다. 피시앤칩스의 나라 영국이니 은대구와 매치를 시켜보았습니다."

"소고기도 생선도, 부드럽기가 기가 막혀요. 마치 치즈를 먹는 기분이네요."

입을 닦은 여왕이 다음 접시를 당겼다. 이번에는 수정처럼 투명한 궁중소방이었다. 오색물을 들인 병아리콩 위에 올라앉은 소방은 우아의 극치를 뽐내고 있었다.

"세상에!"

호기심, 그걸 이기지 못하고 소방의 만두피를 살짝 열어본 여왕. 벌린 입을 다물지 못하고 굳어버렸다. 안에 든 건 세 가지 알이었다. 금박을 씌운 도루묵알과 연보라색 마름알, 그리고 초록의 핑거라임… 껍질막이 약한 핑거라임이라 연한 곰취물을 들인 반죽을 씌웠지만 자태까지 숨길 수는 없었다.

그 소방이 여왕 입으로 들어갔다.

톡토독!

토토톡!

입안에 맛의 연주가 시작되었다. 도루묵알의 씹는 재미는 청각을 울리고 핑거라임의 새콤한 맛이 뇌수를 쪼았다. 그 마무리는 마름알의 달달한 뒷맛이 맡았다. 이렇게 씹어도 맛나고 저렇게 씹어도 즐거운 소방이었다.

"맛나……."

여왕의 포크가 바빠졌다. 이번에 집은 건 육면이었다. 그런데… 자세히 보니 밀가루가 아니었다.

"셰프?"

그녀가 민규를 바라보았다.

"약수에 재운 양고기입니다. 코리아에서는 국수 가닥이 길면 길수록 오래 산다는 말이 있지요. 최대한 길게 뽑아보았으니 잘라가며 드시면 됩니다. 질기지는 않을 겁니다."

민규가 요리를 설명했다. 여왕이 육면을 들어 올렸다. 길었다. 옆에 있던 루이 공이 거들어준다. 여왕은 결국 자리에서 일어서고 말았다. 그래도 육면의 끝은 나오지 않았다. 가까운 자리의 공녀도 돕고 나섰다. 육면 한 가닥의 길이는 1m가 넘었다. 밀가루도 아니고 양고기. 신기가 아닐 수 없었다.

두릅과 마, 망개순, 옥매듭 등을 튀겨놓은 산야초튀김도 인기 만점이었다. 여기 화룡점정은 느릅나무의 어린순. 불면증에도 좋지만 그들 눈에도 익은 식재료. 그 매력을 새삼 알게 되는 왕족들이었다.

야생의 은은한 향에 더해지는 바삭한 식감에 왕족들의 감성이 해제되어 버렸다. 소스로 나온 씨간장과 무릇조청이 도화선 역할을 했다. 먹어도 먹어도 물리지 않는 중독의 맛이었다.

그런데…….

다들 요리에 넋이 나가 있지만 공녀만은 그렇지 않았다. 민규가 그 이유를 알았다. 그녀는 임산부였다. 아까도 화장실을 가는 바람에 체질창을 제대로 리딩하지 못했다. 이제 보니 배에 문제가 있었다. 임신 때문이 아니었다.

"애로가 있으신가요?"

민규가 다가섰다.

"아, 셰프님… 아니에요. 내가 아기가 있어서……."

그녀가 배를 쓰다듬었다.

"명치가 좀 부었네요? 더부룩하시죠?"

"어머!"

"이따금 통증도 느껴지고요?"

"잘 아시네요. 우리 아가가 엄마 관심을 끌고 싶어 하는 것 같아요."

"아기 때문이 아니고 산병입니다. 자현(子懸)이라고 하는 건데 엄마와 아기의 기가 조화를 잘 이루지 못해서 생긴 증상이죠."

"그럼 이게 병이라는 건가요?"

"병이라기보다… 일종의 부조화랄까요? 왜 서로 너무 좋아하다 보면 감정이 살짝 어긋나기도 하잖습니까?"

좋은 쪽으로 설명했다. 임산부에게 불안을 안겨주는 건 좋은 약선요리사의 태도가 아니었다.

"그럼 이 불편을 없애줄 약선요리도 가능한가요?"

"당연하죠. 요리를 드시면서 잠깐만 기다려 주시기 바랍니다."

민규가 돌아섰다.

파 뿌리, 돌그릇!

필요한 건 두 가지였다. 전자는 있지만 후자는 찾기 어려웠다. 궁전에서는 돌그릇 쓸 일이 없었던 것.

"마켓에 가볼까?"

종규가 의견을 냈다.

"어느 세월에? 만찬 끝나 다 돌아간 후에 요리 가져다 내게?"

"그렇네?"

"잠깐만⋯⋯."

민규가 오트너를 찾았다.

"돌이라고요?"

그가 고개를 들었다.

"예, 어디에 있을까요?"

"그거라면 뒤쪽 정원에⋯⋯."

"잠깐 쓰고 돌려놓을 수 있을까요?"

"어쩌겠습니까? 공녀님 건강식을 위해 필요하다는데."

오트너가 앞장을 섰다. 정원의 돌 중에서 알맞은 것을 골랐다. 오트너가 있으니 근위병과 직원들도 제지하지 않았다.

자현은 산모의 명치가 부어오르면서 더부룩해지고 통증이 수반되는 것. 태아와 산모의 기가 조화를 이루지 못하면 발생한다. 이때는 파 뿌리를 돌그릇에 넣고 달여 그 물을 마시면 좋다. 돌그릇이 없으므로 응용을 했다. 도자기형 냄비에 돌과 파를 함께 넣고 달여낸 것. 물은 열탕을 넣었다. 산모의 기가 태아에 비해 약했기 때문이었다. 열탕으로 산모의 양기를 올리면 아기의 기와 조화를 이룰 수 있었다.

"아, 속이 편안해요."

파흑임자셰이크를 받아먹은 공녀 얼굴이 시원하게 변했다. 달인 파 뿌리 물을 그냥 낼 수 없어 흑임자와 함께 셰이크를 만든 것. 임신으로 기의 소모가 많은 편이니 찰떡궁합이 되는 약선이었다.

요리 접시들은 깨끗이 비어 나갔다. 어떤 접시는 무엇을 담았었는지 흔적도 없을 정도였다. 그래도 어린 현주 엘라는 아직도 성이 차지 않는 눈빛이었다. 식탐에 발동이 걸린 것. 그녀가 좋아하는 소방과 산야초튀김을 더 가져다주었다.

"땡큐, 셰프님."

엘라 입이 귀밑까지 올라갔다. 엘라는 기특하게도 옆자리의 왕족들에게 나눠주는 친절까지 베풀었다. 맛난 요리보다 더 아름다운 아이의 미소. 그래서 더 뿌듯한 순간이었다.

후식은 국화차에 세 가지 양갱을 냈다.

황금 알의 석류양갱.

무화과를 품은 양갱.

장미꽃을 안은 양갱.

"오오!"

양갱의 자태를 본 왕족들, 마지막까지 자지러졌다. 누구 하나 먼저 손대지도 못했다. 모양이 너무 아름다우니 차마 먹을 수 없는 것이다. 여왕이 석류양갱을 먹고 나서야 왕족들의 후식 릴레이가 이어졌다.

아아아아.

넋을 놓는 신음이 테이블을 덮었다.

"셰프, 한마디로 감동이었어요. 코리아의 17세기 요리에 영국의 특징을 매치하다니… 내 문장의 사자와 유니콘, 장미와 엉겅퀴… 나아가 느릅나무까지……."

여왕이 최고의 치사를 해주었다.

"아름답기만 한 게 아니라 몸도 가뜬해지고 마음도 가뜬해지고… 마치 자연의 신성으로 몸과 마음을 씻어낸 것 같네요. 몸으로 먹은 요리가 아니라 마음과 영혼이 먹은 것 같아요."

"만족해하시니 영광입니다."

"영광은 내가 할 말이에요. 이렇게 좋은 자리를 취소해 버릴 뻔했으니……."

"여왕 폐하의 좋은 자리는 아직 많이 남았습니다."

"그건 그래요. 당장 내일 아침에도 현주 엘라의 생일잔치가 있지요?"

"그렇습니다."

"엘라!"

여왕이 현주를 불렀다.

"네, 여왕 폐하."

"나도 네 생일에 초대해 줄 테냐? 이 셰프님의 요리를 또 한 번 먹고 싶구나."

"얼마든지요. 환영합니다, 폐하."

엘라가 상체를 숙여 예의를 다했다. 명화 속 황녀의 모습과 복사판이다. 그 모습이 너무 귀여워 깨물어주고 싶을 정도였다.

"그럼 내일을 기대하며……."

여왕이 만찬의 마감을 선포했다.

"셰프님."

왕족들이 나간 후, 왕세자빈이 들어왔다. 만찬에 끼지 못한 자작 부인과 함께였다.

"부탁이 하나 있어서요."

"말씀하시죠."

민규가 정중하게 말했다.

"여기 소피아라고 자작 부인이세요. 얼마 전에 출산을 했는데……."

잠시 뜸을 들인 왕세자빈이 뒷말을 이었다.

"모유를 먹이고 싶어 하는데 젖이 잘 나오지 않아요. 혹시라도 셰프님의 약선요리로 해결이 될 수 있나 해서요."

"가능합니다."

민규가 쿨하게 답했다. 자작 부인의 표정이 환하게 펴졌다.

"비용은 얼마나 들까요?"

자작 부인이 물었다.

"여기서 잠깐만 기다려 주시겠습니까?"

당부를 남기고 다시 주방으로 향했다. 젖이 나오지 않는 산모. 이 또한 '요록'에 기록되어 전하니 17세기 요리의 마무리로 딱이었다. 아기에게 먹이는 후식. 산모의 젖이 터진다면 90세부터 1세까지의 만찬이 되는 것이다.

'복인유법(服人乳法)⋯⋯.'

산모. 사랑스러운 아기에게 젖을 먹이고 싶다. 그런데 젖이 나오지 않으면 곤란하다. 민규가 청주를 꺼내 들었다. 은으로 된 잔에 청주를 따랐다. 간에 좋은 방제수와 위에 좋은 요수를 섞었다. 경락을 열어주는 열탕 한 방울은 보너스였다. 청주는 자작 부인의 유방에 맺힌 혼탁을 지울 만큼 충분한 양이었다.

젖은 유방을 지나 젖꼭지에서 나온다. 둘은 서로 다른 경락에 속한다. 유방으로 지나가는 경락은 위장 경락이고 젖꼭지로 지나가는 경락은 간장 경락이었다. 젖이 잘 나오지 않는다면 간장과 위장의 기가 약해진 경우가 많으니 간과 위의 보기를 위해 초자연수를 더한 민규였다.

요록의 복인유법에는 청주를 은그릇이나 돌그릇에 따라 마시면 젖이 나온다고 전한다. 거기에 오장의 원리를 더한 것이다.

"……?"

마지막 한 모금을 넘긴 자작 부인. 얼굴이 홍당무처럼 붉어졌다. 민규는 모른 척 딴전을 피워주었다.

"잠깐만요."

그녀가 다른 방으로 옮겨 갔다. 다시 돌아온 자작 부인은 아기를 안고 있었다.

"젖이 나와요. 옆방에 아기를 두고 와서 물려보았는데 아기가 너무 좋아해요. 고맙습니다, 셰프님!"

자작 부인의 얼굴에 행복이 가득했다. 왕세자빈도 그랬다. 물론, 민규도 다를 리 없었다. 89세 여왕을 시작으로 1살 아이까지 아우른 영국 궁정의 만찬.

대한민국 국대 약선요리사.

그 이름에 걸맞는 일을 한 것 같아 더없이 행복했다.

펑펑!

찰칵찰칵!

카메라 셔터에 불이 붙었다. BBC와 로이터 등의 대형 통신사 기자들까지 참석한 가운데 성대한 기자회견이 열렸다. 민규 왼편에는 여왕과 왕세자, 오른편으로는 재희와 종규, 황 할머니가 배석을 했다. 회견이 시작되었다.

"BBC 에르안입니다. 먼저 여왕 폐하의 생신을 축하드리며 특별한 생신 만찬의 소감부터 묻고 싶습니다."

"한마디로 판타스틱했어요."

여왕의 표정에는 아직까지도 맛의 여운이 남아 있었다.

"문장을 상징한 케이크부터 자연의 맛을 옮겨 온 요리까지 오감의 넋을 후렸다고 하던데 어떤 요리가 가장 인상적이었습니까?"

"하나를 꼽기 어렵네요."

"그래도 여왕 폐하를 사랑하는 국민들을 위해 하나 소개해 주시죠."

"그렇다면 이민규 셰프의 손이에요."

"손?"

돌연한 대답에 기자들이 출렁거렸다.

"저 손에서 마법의 약수가, 매혹의 요리가 나왔잖아요? 미다스의 손이 따로 없고 황금알을 낳는 거위가 바로 저 손이니 손을 두고 요리를 논할 수 없겠네요."

"여왕 폐하."

"그래도 정 하나를 꼽으라면……."

이마를 짚고 고민하던 여왕이 결국 하나를 골라놓았다.

"여전히 손이네요."

"하하하핫!"

주목하던 기자들 사이에서 폭소가 터졌다. 여왕은 여유로웠고 조크까지 겸비하고 있었다.

"긴장이 좀 풀리셨나요?"

여왕이 기자들에게 물었다. 궁전의 주인답게 기자회견은 그녀가 리드하고 있었다.

"네, 여왕 폐하!"

기자들이 답했다.

"그렇다면 말씀드리죠."

여왕의 목소리가 변했다. 어느새 기품과 위엄이 팽팽했다. 연로한 몸이지만 자세도 바르게 잡는다. 여왕의 포스가 제대로 났으니 민규도 등을 바로 세우게 되었다.

"세 가지가 평생 기억에 남을 것 같아요. 하나는 내 잔병을 낫게 해준 약선수프였어요. 셰프 능력의 깊이를 알 수 있는 요리였다고 생각해요. 그것 하나로 내 팔다리 아픈 것과 심장의 압박을 잡아주었거든요. 해리포터의 마법처럼 감쪽같이."

"여왕 폐하께 말씀하시는 요리가 약선새팥수프입니까?"

요리 목록을 살핀 기자들이 민규에게 확인 질문을 던졌다.

"그렇습니다."

"레시피를 공개할 수 있습니까? 주재료가 무엇이었습니까?"

"얼마든지 공개 가능합니다. 주재료는 세 가지였습니다."

"간단한 설명을 부탁합니다."

"첫째는 맛의 재료로써 야생의 새팥입니다. 단맛이 나지만 인공 설탕, 심지어는 자연의 꿀에서도 느낄 수 없는 깊고 은은

한 단맛이 일품입니다. 둘째는 약선의 재료로써 이 열매를 썼습니다."

민규가 상심자 오디를 공개했다. 오디는 기자들에게 주어졌으니 만지고 보고 먹어보는 그들이었다.

"의외로 맛이 좋군요?"

기자들의 평이 나왔다.

"동시에 재미난 식재료지요. 각자의 혀를 확인해 보시기 바랍니다."

"……!"

혀를 확인한 기자들의 눈이 휘둥그레졌다. 오디는 혀를 검붉은 보랏빛으로 만든다. 그걸 만지는 손 또한 마찬가지였다.

"오우!"

기자들이 모두 경탄했다.

"시간이 조금 지나면 없어집니다. 과거 영국의 전사들은 용맹을 위해 얼굴에 칠을 하기도 하던데 기력 강화를 위해 혀에 칠을 했다고 생각하십시오. 혹은 여러분의 위장 건강을 위해서……."

"이 열매가 그런 작용을 한다는 겁니까?"

"열매 이름은 상심자입니다. 감각이 둔해지고 마비되는 증상을 다스리죠. 열증을 해소하고 인간의 생명에 원천이 되는 진액을 만드는 작용도 합니다. 열매에서 풍기는 단맛은 약재인 동시에 새콤의 단맛을 보충해 주니 황금 조합을 이루기에 충분합니다."

"보기보다는 신비한 열매로군요. 그렇다면 세 번째는 무엇입니까?"

"세 번째는……."

왕세자를 돌아본 민규가 말을 이어나갔다.

"왕세자께서 저를 초대해 준 이유이기도 한 약수입니다. 인간의 몸은 그 핵심이 수분에 있는 것이니 세 가지 약수로써 맛을 더하고 약효를 더했습니다."

"세 가지 물의 공개도 부탁합니다."

"마비탕과 열탕, 그리고 국화수입니다."

민규의 대답에는 주저가 없었다. 꾸며내는 이야기도 아니고 과장도 아니었다. 효과의 증명은 이미 워터홀릭으로 유명한 왕세자가 마쳤다. 나아가 여왕에게 직접 구현했으니 기자들의 태클 따위는 나오지 않았다.

"그렇다면 여왕님, 나머지도 부탁드립니다."

기자들이 여왕을 바라보았다.

"두 번째는 내 평생 최고의 케이크였어요. 동양의 신비로 영국의 역사를 쌓아 올린 듯한 케이크. 모양만 예쁜 게 아니라 그 자체도 최고의 요리이자 활력의 약선이었어요. 게다가 내 문장과 똑같이 장식한 사자와 유니콘… 발톱에 말굽, 왕관까지 똑같아 아직도 감동이 가시지 않아요."

옆 화면에 영상이 나왔다. 궁전 사진작가의 작품이었다. 거기 우뚝한 민규의 약선무지개설기는 정말 실제 무지개가 서린 것 같았다.

"그레이트!"

기자들도 감탄을 숨기지 못했다.

"세 번째 요리도 궁금합니다."

기자들이 재촉을 했다. 그들의 목소리에는 이제 조바심까지 실려 있었다.

"그 답은 우리 이민규 셰프께서 주실 겁니다."

왕세자가 나서 여왕의 수고를 덜어주었다. 민규가 준비한 접시의 덮개를 열었다. 그 안에서 드러난 건 우아하고 세련된 자태의 '궁중소방'이었다.

궁중소방.

자태는 여전히 매혹적이었다.

투병한 만두피에 목을 살짝 묶은 두 색깔의 자연식품 줄기들.

그 안에서 귀족 부인의 미소처럼 은은하게 비치는 금빛, 보랏빛, 초록의 신비는 옥침에 더불어 호기심까지 끌어당겼다.

기자들의 감상이 끝나자 민규가 소방을 갈랐다.

"와우!"

기자들의 감탄이 하늘을 찔렀다.

찰칵찰칵!

카메라에 다시 불이 붙었다.

그들은 소방에 숨겨진 또 하나의 매력에 넋을 놓고 있었다. 그럴 수밖에 없는, 치명적인 아름다움이었다.

"게다가 이민규 셰프는……."

회견의 말미에 여왕이 민규의 활약상을 공개했다. 수석 주 방장 오트너의 무릎, 그레이스의 안면홍조, 공녀의 임신 애로 와 산모의 젖을 나오게 도와준 일들이었다.

"아, 실은 한 가지가 더 있습니다."

왕세자가 보태놓은 말은 궁전 갤러리의 중국인 기절 사건이 었다.

찰칵찰칵!

기자들의 카메라는 쉴 새도 없이 민규를 겨누며 작렬했 다.

"셰프, 죄송하지만 워터홀릭 왕세자님을 사로잡고 여왕 폐 하의 이벤트까지 홀려 버린 당신의 약수를 우리에게 선보일 수 없습니까? 요리는 눈으로 보고 사진으로 보니 가늠이 되 지만 물은 모든 것이 대동소이하니 궁금하기 짝이 없습니 다."

발언의 주인공은 프랑스 기자 바스티안이었다.

민규 약선요리의 원천인 약수.

바스티안이야말로 기자회견의 핵심을 알고 있었다.

"기꺼이!"

민규가 답했다.

즉석에서 약수 퍼포먼스를 펼쳤다.

간단하게 정화수를 한 잔씩 돌렸다.

민규의 손길을 받은 생수는 가슴이 뻥 뚫리는 맛의 정화수로 변했다.

"와우!"

"키햐!"

기자들은 감탄을 토하느라 바빴다.

"마지막으로 요리의 주제와 맛의 철학에 관한 셰프의 정리를 듣고 싶습니다."

바스티안이 마무리에 나섰다.

이번에도 역시 미식국(美食國)의 베테랑 기자다운 질문이었다.

"오늘의 요리는 영국의 영화가 시작된 17세기의 맛을 주제로 삼고 여왕 폐하의 장수와 안녕 실현에 요리의 초점을 맞췄습니다. 17세기, 용과 같던 영국의 기상을 요리에 담아 여왕 폐하에게 바쳤으니 그 정기와 기세를 오롯이 받으셔서 오래 건강하시기를 바랄 뿐입니다. 아울러 제 요리의 근간은 건강한 맛의 추구입니다. 육체적인 에너지는 물론이오, 정신적인 에너지가 되기를 바라는 것이니 몸과 마음이 동시에 만족하는 약선요리를 계속 추구해 나갈 것입니다. 감사합니다."

짝짝짝!

기자들에게서 기립 박수가 나왔다.

왕세자조차도 기립에 동참했다.

여왕은 자애로운 미소로 민규에 대한 신뢰감을 표해주었다.

여왕 생신 만찬의 대단원이었다.

5. 특별하고 또 특별한

—스페셜 보만두.

—꽃초밥.

—총명탕의 재료를 더한 연근수프.

—씨간장을 발라 구워낸 너비아니.

—약선새우튀김.

—겉을 바삭하게 구워낸 모싯잎 무지개 송편.

—꽃산병.

—오색두부경단.

—연근과자와 돼지감자과자.

—겉을 구운 콩떡.

—애호박말이.

—유자단자, 쑥단자, 앵두단자.

—오색대추설기.

—궁중오이송송이.

—식용꽃잎 부각.

—꽃모양으로 오려낸 배를 띄운 오미자화채.

현주 엘라의 생일상 구성이었다. 엘라의 생일에 참석하는 사람은 아일라를 포함해 모두 여섯이었다. 모두 어린이였다. 왕세자 부부는 축하 인사만 하고 빠지기로 되었다. 외부 스케줄의 문제도 있었지만 아이들끼리 즐기게 하려는 배려였다. 여왕 또한 참석하지 않았다. 어제 한 말은 조크였던 것.

생일 만찬 테이블은 꽃의 향연이었다. 여섯은 모두 여자로 대여섯 살부터 아홉 살까지였다. 현주의 생일이니 드레스 코스는 모두 정장 드레스. 왕족이거나 영국 상류층의 아이들이었으므로 옷차림 또한 패션쇼를 방불케 했다. 거기에 민규의 요리가 세팅되니……

"아!"

사진을 허락받은 두 기자의 탄식이 새어 나왔다.

영국 BBC와 프랑스의 바스티안이었다. 테이블의 주인공은 고귀한 꽃이었지만 민규의 요리 또한 대자연 들꽃들의 향연에 다르지 않았다.

하이라이트는 보만두였다. 여왕의 만찬에 동원한 약선무지개떡과 다르게 보만두에 감춰둔 민규의 역작. 엘라가 보만두를 묶은 미나리 끈을 당기자 저절로 속이 드러났다.

"와아아!"

엘라와 아일라의 입이 홀린 듯 벌어졌다. 멜론 크기의 보만두. 그 안에서 쏟아져 나온 건 또 다른 작은 만두들. 하나같이 금박을 입은 만두들에 새겨진 글자 때문이었다.

[H—a—p—p—y b—i—r—t—h—d—a—y E—l—l—a]

금박 안에서 빛나는 글자들이었다. 금박을 씌운 후에 작은 도구로 축하 문구를 새긴 민규. 그 정성이 엘라의 넋을 흔들고 있었다.

"맛을 보시죠."

민규가 보만두 안의 만두를 가리켰다. 엘라는 차마 손을 대지 못했다. 아일라가 출동했다. 혹여 소가 터질까 스푼에 떠서 엘라의 입에 넣어준 것.

"하아!"

살며시 깨문 엘라의 입에서 터질 듯한 풍미가 밀려 나왔다. 부드러움과 고소함의 무한 폭발이었다. 맛은 소고기지만 소고기만은 아니었다. 고기는 버터처럼 부드러웠고 그 사이사이에서 상큼한 무엇이 씹혔다.

아작, 아— 작!

청각과 미각을 동시에 흔드는 맛이었다.

이번에는 현주가 만두를 집었다. 입에 물기 무섭게 호흡이 멈춘다. 숨이 넘어갈 듯 치명적인 담백함이었다. 새우 맛에 게 살 맛만 아니라면 버터와 크림 덩어리로 착각할 정도로 풍후 한 맛이었다.

현주가 고개를 들었다. 식신을 바라보는 충성스러운 신녀의 눈길이었다.

"처음 먹은 건 소의 사태에 붙어 있는 힘줄과 주위의 살을 4시간 동안 고아낸 후에 다지고 참기름과 생밤 파티클을 섞어 쪄냈습니다. 풍후한 소고기 맛에 부드럽기 짝이 없는 참기름 의 조화, 조금 덜 익혀 사각거리는 생밤 조각의 즐거움은 보너 스입니다."

"우와."

"두 번째는 새우살과 게살의 조합입니다. 거기 더해진 건 필 리너트액입니다. 궁정 주방을 책임지고 있는 오트너 셰프께서 소개해 준 맛을 더했습니다. 현주님도 좋아하신다기에 말이 죠."

"맞아요. 저 필리너트 좋아해요."

엘라가 소리쳤다.

"필리너트의 고소함은 해산물의 짭조름한 맛과 잘 조화가 되더군요. 새우살과 게살이 담백함, 그 맛을 한층 끌어올리는 부드러움에 기분 좋은 쌉쌀함까지 갖추고 있으니 현주님에게 잘 어울릴 겁니다."

민규의 설명은 정성스러웠다. 아이들이라고 달고 고소한 맛
만으로 승부하지 않았다. 아이들 취향에 맞는 맛을 내세우기
는 했지만 그 기저에는 오미가 충실하게 받치고 있는 것이다.

생일 시식을 마치자 두 번째 비기를 공개했다. 이번에는 커
다란 새우구이였다. 개나 소나 바르는 버터나 올리브오일은
손도 대지 않았다. 대신 벽해수로 싱싱함을 살려냈고 참기름
을 둘러 커버를 했다. 고소함의 창조에 버터만 있는 건 아니
기 때문이었다.

새우구이의 포인트는 알이었다. 구운 새우의 배가 품은 오
색의 알 덩어리. 그 알은 새우알이 아니었다. 연어나 도루묵,
철갑상어의 것도 아니었다. 생마와 생고구마, 밤과 오이, 비트
등을 연어알 크기의 볼로 다듬어놓은 것. 그 아삭함과 새우살
의 조합은 버터구이에 댈 게 아니었다.

아삭아삭!

사각사각!

아작아작!

귀여운 소리에 귀를 기울이면.

"생일 축하합니다."

"생일 축하해요."

오색 합창이 들리는 듯했다.

"와아아!"

현주의 입에서 맛난 소리가 들리자 다른 아이들도 서둘러 새우알을 노렸다.

"맛있다!"

"재미있어."

아일라와 아이들은 맛에 취해 어쩔 줄을 몰랐다.

그러나!

단 한 아이는 그러지 못했다. 어리지만 살집이 보통이 아닌 공녀. 양손에 포크를 들었지만 요리를 꿰고는 가슴을 두드린다. 아이는 일곱 살의 나이임에도 70㎏에 육박하는 거구였다. 현주의 생일 파티에 참석하느라 옷까지 잔뜩 조였다. 거기에 주근깨까지도 가득한 얼굴……

"왜 안 먹는 거죠?"

민규가 모른 척 물었다.

"먹을 거예요."

너비아니를 세 점이나 찍은 포크가 아이 입으로 갔다. 한 입을 넘기고는 트림을 하려고 애쓴다.

"물은 왜 안 마셨죠?"

"……"

공녀는 대답하지 않았다. 민규가 준 전채 물을 마시지 않은 건 식탐 때문이었다. 물이 들어갈 자리에 맛난 요리를 채울 생각이었던 것.

"고기가 잘 안 들어가죠?"

"……."

아이는 결국 울상을 지었다. 먹성 하나는 타고난 아이. 동양에서 온 셰프의 요리 솜씨가 기막히다길래 밤잠을 설쳤다. 거기에 소화제까지 먹고 온 상황이었다. 그러나 배가 말을 듣지 않았다.

뿌웅!

결국 방귀 폭탄까지 터졌다. 아까는 소리를 죽여 발사했던 방귀. 더는 제어가 되지 않으니 창피해 죽을 것만 같았다.

"늘 과식하죠?"

민규가 물었다.

"……."

"그 과식 때문에 위에 무리가 왔어요. 그러니까 공녀님은 이걸 먼저 먹어야 합니다."

민규가 내민 건 백출에 황기가루를 더한 산사설기였다.

'식상증에 체기…….'

아이의 몸에 생긴 장애의 이름이었다. 식상증은 음식을 잘못 먹어서 생긴 장애의 대표 주자다. 과식한 음식이 위장에 계속 머물면서 각종 불편을 야기한다. 답답한 것은 물론이고 신트림에 방귀가 나온다. 집 안에 있다 해도 불편한 일. 존엄한 현주의 파티에서야 말하면 뭐 할까?

백출은 이런 데 도움이 된다. 기가 약하니 황기를 더했다. 산사를 넣은 건 체기 때문이었다. 위 전체의 혼탁 중에 단단

한 게 보였다. 육식 체질이므로 고기를 먹고 체한 적이 있다. 그걸 한 번에 해소하는 구성이었다. 체기를 내리는 생숙탕으로 쪄냈으니 빠른 효과를 기대해도 좋았다.

공녀가 산사설기를 먹었다.

"그 물도 다 마시세요."

전채로 내준 생숙탕을 가리켰다. 미리 체질을 보고 예비했건만 먹지 않는 데에야 도리가 없었다. 공녀가 물을 마셨다. 약선산사설기를 뒤따라 내려간 생숙탕이 꾸르륵 소화의 신호음을 울렸다.

"속이 시원해졌어요."

공녀 얼굴에 웃음이 번졌다.

"한 잔 더 드세요."

생숙탕이 한 컵 더 주어졌다. 위장에 뭉친 기가 조금 남았다. 약발(?) 맛을 본 공녀, 이번에는 단숨에 물을 들이켜 버렸다.

"헤에!"

쑥스러운지 혀를 내밀며 웃는다. 편하고 자연스러운 미소였다.

"재희야!"

신호를 보내자 재희가 새 물잔을 가져왔다. 육천기였다.

"이건 이 자리에 두기만 하세요."

육천기의 자리를 잡아주었다. 그 물 향은 진하지 않았다.

과식으로 몸을 버린 공녀. 그러나 좋은 자리에서까지 식욕을 죽이는 건 잔인한 일. 그렇기에 육천기의 농도를 조절해 파티를 즐기는 수준까지 맞춰준 것이다. 아직은 그녀를 위한 주근깨 특식도 먹지 않았으므로.

"이거 너무 맛있다."

"이게 더 맛난걸?"

"이것 좀 먹어봐. 바삭하면서 새콤한 게 너무 좋아."

아이들 손에 경쟁이 붙었다. 현주의 생일이라지만 어린아이들. 밥상머리에서까지 신분을 따지지는 않았다.

아이들은 배가 터지게 먹었다. 민규의 초자연수 덕분이었다. 그렇잖아도 활기가 넘치는 아이들. 열탕으로 경락을 열어주고 요수로 입맛을 돋워놨으니 식욕에 제대로 불이 붙은 것.

막연히 포식만 시킨 것도 아니었다. 공녀와 또 한 아이의 주근깨가 엘라처럼 심했다. 그녀들은 왕세자빈의 자랑을 듣고 참석했다. 두 아이의 기대가 무엇일지 듣지 않아도 알 일이었다.

테이블이 세 번째로 비었다. 요수의 마법이었다.

"배불러."

아이들이 하나둘 포크를 놓기 시작했다.

"나도야."

아일라와 엘라가 포크를 놓았다. 그때 아일라의 눈에 두 친구의 얼굴이 들어왔다. 검은 별처럼 와르르 박혀 있던 주근깨가 사라진 것이다.

"로젠, 하이디, 얼굴에서 주근깨가 사라졌어."

아일라가 소리쳤다.

"정말?"

두 아이가 벽의 거울로 달려갔다.

"까악!"

둘은 듀엣으로 자지러졌다.

"셰프님, 고맙습니다."

바로 민규에게 배꼽 인사를 하는 공녀와 또 한 아이.

"파티는 아직 끝나지 않았습니다. 후식을 먹어야죠."

민규가 자리를 정돈시켰다. 두 아이는 여왕의 엄명이라도 받는 듯 민규 말에 따랐다.

대단원은 생마 알갱이와 생밤 알갱이를 넣은 홍시스무디로 내주었다. 얼린 홍시를 갈아내면 사르르 녹는 맛이 일품이다. 새콤함과 발색을 위해 석류알을 조금 넣으면 그 비주얼이 또 장관이었다.

"원더풀!"

도자기 그릇을 내주던 오트너가 고개를 저었다. 민규의 절정 비기 우레타콩. 톡톡, 석류를 몇 번 건드리자 석류씨가 쏟아졌다. 석류는 거짓말처럼, 알만 남았다. 게다가 원형은 거의 망가지지 않은 것이다.

갈아낸 홍시에 마와 생밤의 알갱이를 섞어 접시에 담았다.

함께 나가는 요리는 작은 다식들. 재회와 종규가 경쟁하듯 만들었으니 노랑과 초록. 붉은 홍시스무디와 잘 어울리는 구성이었다.

"셰프님, 고맙습니다."

파티의 끝, 현주 엘라가 대표로 인사를 했다. 현주답게 의젓한 모습이었다.

"현주님의 파티를 맡게 되어 영광이었습니다."

민규가 자세를 낮추고 답사를 하자 현주의 입술이 민규 이마에 닿았다.

쪽!

"셰프님께 드리는 축복이에요."

"저도요."

쪽!

아일라의 키스가 이어졌다. 민규는 두 아이의 손등에 키스로 답례를 했다. 민규 뒤에 선 종규와 재회가 웃었다. 민규가 빛나는 이 자리. 둘에게도 자부심이 되는 동시에 미래에 대한 기대감이기도 했다.

"셰프님!"

왕세자 부부가 들어섰다. 공녀와 자작 부부도 있었다.

"로젠과 하이디의 부모님이십니다. 아이의 주근깨는 물론이오, 방귀와 더부룩한 속을 고쳐주고 천상의 요리까지 펼쳐주셔서 인사를 전하고 싶다고 하네요."

말이 끝나자 자작이 선물을 내밀었다.

"작은 것입니다. 훌륭한 요리에 대한 마음의 선물이니 받아 주면 고맙겠습니다."

"저도 그래요."

공녀도 선물 행렬에 동참을 했다. 군말 없이 선물을 받았다.

현주와 아이들이 퇴장한 테이블. 간단하게 정리한 민규가 주방에 남았던 요리들을 내왔다. 꽃초밥도 조금 남았고 연근 수프와 너비아니, 애호박말이와 두부경단 등도 남았다. 식은 요리들은 다시 데워놓았다.

"셰프!"

그걸 본 오트너가 달려왔다.

"그걸 드시려고요?"

"예."

"안 됩니다. 여태껏 고생하셨는데 제가 오크라에 호라산 밀을 더한 농어구이와 토끼스테이크 재료를 준비해 두었습니다."

"고맙지만 오늘은 이 요리를 먹어야 합니다."

"어제 여왕 폐하 때도 그렇더니 왜 굳이 식어서 맛의 절정이 지난 요리를……."

"요리의 재평가 과정이죠."

"재평가?"

"오늘 저희가 만든 요리의 변화를 알아보고 재료의 특성과 함께 맛을 역추적하는 겁니다. 진짜 요리라면 식었어도, 부득이 다시 데웠어도 맛의 변화가 적어야 하니까요."

"……!"

오트너의 입이 쩌억 벌어졌다. 그 경직은 척추 줄기를 타고 얼음 줄기처럼 번져갔다. 초절정의 약수를 만들어내는 사람. 요리 하나로 질병을 낫게 하는 사람. 그런 능력을 소유하고 있으면서도 한없는 겸허함으로 맛의 기원과 결함을 탐구해 가는 사람…….

"당신의 마법은 천재성이 아니라 노력과 분석의 결과로군요?"

"과거 코리아의 왕궁 요리사들이 쓰던 방법을 참고할 뿐입니다."

민규의 대답은 겸허했으니 그 또한 오트너 마음에 교훈이 되었다.

이 사람…….

진정 대물이다.

오트너의 경악과는 상관없이 민규는 남은 요리를 맛보기 시작했다. 뜨거운 요리가 식으면 맛이 변한다. 그 변화를 줄이는 것도 셰프의 몫이었다. 민규는 그 답을 찾고 있었다.

식사가 끝나갈 때였다. 오트너의 보조 요리사가 다가왔다.

"셰프님, 여왕 폐하를 방문하신 손님이 셰프님 뵙기를 원한다고 전해달라 하십니다."

"저를요?"

"예."

"어떤 분이신지?"

"갈라예프라고 러시아 사업가라십니다."

'갈라예프?'

"회장님."

민규가 나가 갈라예프를 만났다. 그는 에바의 수행을 받고 있었다.

"현주의 파티를 주관 중이라고 하던데?"

"마침 끝났습니다."

"그렇잖아도 여왕께서 언질을 하시길래 사람을 보냈다오."

"여왕 폐하의 생일 만찬은 잘 즐기셨습니까?"

"분위기 한번 제대로 즐겼지요. 내 인생 라이벌 가문 아닙니까?"

갈라예프가 호방하게 웃었다.

"다행이군요."

"다행은… 난 또 셰프께서 보이시길래 셰프의 요리를 맛볼 수 있나 했는데 아니라기에 실망을 했소이다."

"죄송합니다. 저는 여왕 폐하와 그 종친들의 만찬만 주관하게 되어서……."

"하긴 그게 나에겐 오히려 행운이겠지."

"예?"

"그 많은 명사들이 셰프 요리를 맛봤다고 생각해 보시오? 내가 지금 이 시간에 이 셰프를 만날 수 없지 않았겠소?"

"……."

"그나저나 여왕은 역시 대단하단 말이지. 코리아의 이 셰프를 또 어떻게 알고 비행기까지 보냈단 말인가? 이러니 내가 라이벌 가문으로 삼을 수밖에……."

"한국의 대사로 나와 계신 분의 부인께서 저와 인연이 있습니다."

"그렇다면 나도 다음에 비행기를 보내겠소. 여왕에게 왔으니 내게도 다시 와주실 걸로 믿소이다."

"영광입니다."

"농담 아니오."

"저도 그렇습니다."

"그건 그렇고 일단은 내 체면을 좀 세워주시오."

"예?"

"칼린첸코라고 우크라이나를 쥐고 흔드는 사업가가 있소이다. 여왕의 만찬에서 만났는데 요리에 대한 이야기가 나왔지 뭡니까?"

"예……."

"만찬요리에 극찬을 하길래 이 셰프 이야기를 했지요. 이 요리는 외양만 화려하지 내실이 없다. 그랬더니 이 친구가 믿지를 않아요."

"회장님도……."

"아니, 이건 매우 중요한 일입니다. 앞으로도 계속 협력을 해야 하는 친구거든요."

"……."

"어떻소? 그 저렴한 미각을 가진 친구에게 이 셰프의 심오한 요리 철학을 알려주심이……."

"그분에게 요리를 해주라는 건가요?"

"사례는 충분히 하겠습니다만 만나보시고 내키지 않으면 존재감만 보여주셔도 됩니다."

"회장님."

"마침 저 앞 포레스트 빌딩 옆의 레스토랑을 전세 내서 폭식하고 있다고 합니다. 거기 주인이자 셰프인 징코가 우크라이나 출신이거든요."

갈라예프가 앞쪽 도로를 가리켰다. 10분쯤의 거리에 보이는 포레스트 빌딩…….

자존심 싸움이다.

민규는 갈라예프의 의도를 간파했다. 일부러 찾아와 부탁하는 갈라예프 회장. 사례까지 하겠다는데 사양을 하기도 난감했다.

"인사 정도라면 하도록 하지요."

갈라예프의 체면 한번 세워주기로 했다.

"어이, 칼린첸코!"

레스토랑에 들어선 갈라예프가 시원하게 샤우팅을 울렸다.
영국 은행가들과 술을 즐기던 칼린첸코가 돌아보았다. 土형
의 남자였다. 얼마나 먹은 건지 배에는 이미 수박이 들어 있
는 것 같았고 테이블에도 스테이크며 토끼요리, 넙치요리 등
의 잔해가 어지러웠다.

"누구요?"

칼린첸코가 물었다. 취한 얼굴이지만 호기가 넘쳤다. 한 나
라의 경제를 쥐락펴락하는 거물다웠다.

"이민규 셰프라고 이번에 여왕의 생일 기념 종친 만찬을 주
관한 셰프라오."

"아, 회장께서 침을 튀기던… 죄송하지만 잠깐 실례합니다."

칼린첸코가 앞의 은행가들에게 눈치를 줬다. 세 사람은 다
른 테이블로 옮겨 갔다. 통째로 빌린 레스토랑의 분위기도 굉
장했다. 여왕 만찬의 축소판을 보는 것 같았다.

"반갑소. 당신이 신의 손을 가진 셰프시라고?"

칼린첸코가 손을 내밀었다. 이때까지도 칼린첸코는 민규에
대해 대수롭게 생각하지 않았다.

"기껏 레스토랑을 전세 내 먹는다는 게 또 로스트비프와
넙치구이, 피시앤칩스요?"

"그게 영국의 맛 아닙니까? 로마에 가면 로마법을 따라야지요."

"뭐 그것도 나쁘지 않지만 맛에도 격이 있는 것이지."

"미식의 격식을 논하기에는 셰프가 너무 젊소만⋯⋯."

칼린첸코가 다리를 꼬았다. 아직 약관을 벗어나지 못한 것으로 보이는 민규. 저 나이라면 절정의 요리가 나오기엔 무리라고 본 것이다.

"나이가 역사를 만드오? 당신도 이십 대 중반부터 본격 두각을 나타낸 것으로 아오만?"

"사업과 요리가 같겠소?"

"다르지요."

"아시면서⋯⋯."

"내 말은 요리 쪽에 방점을 둔 것이오. 영국 여왕이 왜 전용기까지 보내서 이 셰프를 모셔 왔겠소? 그런 전례를 본 적이 있소?"

"⋯⋯!"

갈라예프의 팩트 한 방에 칼린첸코가 출렁거렸다. 그는 마시려던 위스키를 내려놓고 자세를 바로잡았다.

"갈라예프 회장."

목소리에도 힘이 들어갔다.

"말하시오."

동시에 더욱 느긋해지는 갈라예프. 아무래도 균형의 추는 갈라예프 쪽으로 기우는 것으로 보였다.

"당신은 내 친구지만 영국 여왕에게 지나치게 굴종적이오.
여왕의 가문이 그렇게 부럽소? 전용기라면 나도 지구 어디에
라도 보낼 수 있소이다."

"문제는 전용기를 타는 셰프가 누구냐 하는 것 아닙니까? 4년
전 당신의 회사 창립일 때 우크라이나로 부른 프랑스 셰프의 만
찬은 모두에게 민폐였던 것으로 기억합니다만……."

"그, 그거야 그 셰프가 하필이면 그쯤 후각에 이상이 생기
는 바람에……."

"탄 스테이크가 나왔었지. 소스도 엉망이었고?"

"끄응."

칼린첸코 입에서 신음이 나왔다. 두 사람의 기 싸움을 지켜
보는 재미도 쏠쏠했다.

"그리고 당신, 내일 여왕을 보기로 되어 있다고 하던데?"

"그거야 의례적인 거 아니오? 런던 금융가 친구들에게 모양
도 내야 하고……."

"그렇다면 내일 여왕의 변화를 찾아보는 것도 흥미로울 거
요."

"골골하는 여왕 뭐 볼 게 있다고… 건배 잔도 제대로 들고
있지 못하던데……."

"만찬 때까지는 그랬죠. 하지만 그 후로 몰라보게 좋아졌다
오. 그게 누구 덕분인지 아시오?"

"설마 그 옆의 셰프 덕분이라고 말할 참이오?"

"그렇소. 내 입으로 말하면 실감이 안 날 테니 여왕에게 직접 들어보시오. 그 부군 루이가 싱싱해진 변화의 원인도."

"……!"

칼린첸코의 미간이 일그러졌다. 갈라예프가 이렇게까지 나온다는 건 허튼소리가 아니라는 얘기였다.

"그래도 내 친구니까 이 셰프를 모시고 나온 거요. 당신도 이제 양이 아니라 질로 먹으면서 슬슬 건강에 신경을 써야지. 그래야 나하고 제대로 손 한번 잡아보지 않겠소?"

"내 건강은 아직 끄떡없소이다. 나보다 내 정유 공장의 철기둥이 먼저 무너질 일이지."

"이 셰프가 보기엔 어떻습니까?"

갈라예프가 민규를 돌아보았다.

"뭐 하는 거요?"

칼린첸코가 신경을 곤두세웠다.

"이 셰프는 당신의 식성과 체질, 몸의 이상까지도 알아낸다오. 그 해결책의 요리를 내놓기도 하고… 그러니 혹여 딱 맞아떨어지거든 우리 이 셰프에게 인사나 제대로 하시오."

"지금 의사를 데려온 거요? 셰프를 데려온 거요?"

"회장님은……."

민규 목소리가 둘의 대화를 타고 들어섰다. 기왕에 왔으니 우두커니 있다가 가는 것도 적성이 아니었다.

"신맛 마니아시군요. 원래는 단맛 중심의 향이 좋은 요리가 어울리는데 오랫동안 섭생을 극하게 하셔서 비장과 위장을 많이 해치셨습니다. 아마 오래전부터 앞이마에 두통이 쏠리고 입술이 흔하게 텄을 것 같습니다. 구취도 독하고 폭설이 내리는 시베리아의 아침처럼 눈은 늘 침침하고 결단력도 흔들리고⋯ 어쩌다 추위가 들면 살까지 떨리지요? 간은 물론이오, 신장에 방광까지 문제가 왔으니, 죄송하지만 결혼을 하셨다면 의처증까지 생길 수 있습니다."

"⋯⋯!"

술을 마시던 칼린첸코, 동작을 멈춘 채 민규를 쏘아보았다.

"글로벌 비지니스를 하시는 분이니 구취는 큰 장애. 단맛을 즐기고 신맛에 쓴맛, 술을 멀리하시면 구취가 많이 좋아질 겁니다."

"당신⋯⋯."

칼린첸코의 시선이 갈라예프를 겨누었다.

"No, 의처증 문제라면 내가 말한 게 아니라오."

갈라예프가 어깨를 으쓱해 보였다. 민규가 너무 정확하게 맞춰 버리는 통에 곤경에 빠지는 갈라예프였다.

"정말 아니오?"

"이거 왜 이러십니까? 나는 여자를 잘 알아요. 그런 내가 남녀 관계에 대해 이러쿵저러쿵 흘리고 다닐 거라 생각합니까?"

"⋯⋯."

"이 셰프가 이런 사람이오. 아니면 내가 뭘 하러 귀한 시간을 허비하겠습니까?"

"당신……."

이번에는 민규를 겨누는 칼린첸코의 시선…….

"말씀하시죠."

"투시안이라도 가진 게요? 아니면 이 테이블의 요리를 보고 넘겨짚는 것이오?"

"제 말을 믿고 싶지 않으면 테이블 핑계를 대서도 됩니다."

"내 전속 닥터의 진단은 당신과 다르오."

"그러나 회장님의 몸이 먼저 느끼고 있는 일입니다."

민규가 잘라 말했다.

"그렇다면 당신이 요리 테이블로 내 고질을 날려 버릴 수 있다는 겁니까?"

"물론이지요."

"그렇게 대단하다면 어디 한번 청해봅시다."

"지금 말입니까?"

"안 될 게 뭐요? 저 주방 안에는 엄청난 식재료가 있고 내가 모두 전세를 냈다오."

칼린첸코가 위엄을 뽐었다. 술과 고기로 포식을 한 우크라이나 재벌. 의기양양했다. 날고뛰는 셰프라고 해도 포만감 앞에는 재주가 없기 때문이었다. 허기는 최고의 미각. 포만감조차도 밀어낼 수 있는 요리를 만든다면 그야말로 최고의 셰프라고 생각하는 것이다.

"회장님."

듣고 있던 민규가 입을 열었다.

"왜? 자신이 없소?"

"그런 건 아닙니다. 회장님의 포만감이야 물 한 잔이면 씻어 낼 수 있습니다. 더불어 지금까지 먹은 것의 몇 배를 더 먹게 해서 회장님을 병원으로 실어 보낼 수도 있지요."

"뭐라고?"

"그러나 내가 왜 당신에게만 유리한 일을 증명해 줘야 합니까? 여왕 폐하처럼 전용기를 보내주신 것도 아닌데?"

"……?"

"안 그렇습니까?"

민규의 눈은 온화하게 반짝거렸다. 그 온화함 속에서는 칼린첸코가 함부로 넘볼 수 없는 존엄이 담겨 있었다. 그렇기에 부탁을 했던 갈라예프조차도 끼어들지 못했다.

"지금 이걸 원하는 거요?"

칼린첸코가 달러 다발을 꺼내놓았다. 100불짜리 두 다발이었으니 2만 불이었다.

"단언컨대 돈의 액수에 따라 요리 수준이 좌우되는 사람이 있다면 그는 좋은 셰프가 아닙니다."

"그럼?"

"혀에 좋은 요리를 먹고 싶다면 위장을 여셔야 하고, 몸에 좋은 요리를 먹고 싶으면 가슴을 열어야 하며, 영혼에 좋은 요리를 먹고 싶다면 당신의 모든 것을 열어야 합니다. 그렇지 않다면 먹는다는 행위는 '욱여넣음'과 무엇이 다르겠습니까?"

"으음, 내가 좀 지나쳤던 것 같소이다. 전작이 길다 보니……."

칼린첸코의 목소리 끝이 내려갔다. 민규가 만만치 않음을 안 것이다. 칼린첸코가 일어섰다. 옷맵시를 바로잡더니 민규에게 상체를 숙였다.

"요리를 부탁합니다."

정중한 인사였다. 딴에는 민규를 우대하는 칼린첸코였다.

"이 셰프, 그만 기분 푸시고 한 요리 보여주시지요. 우리 칼린첸코 회장이 외향적이라 저렇다오. 아마 셰프 요리의 효험을 보고 나면 꾸벅 큰절이라도 할 겁니다."

갈라예프가 정리를 하고 나섰다.

"그렇다면……."

민규가 테이블의 생수를 집어 들었다. 빈 컵도 당겨 요수와 급류수를 소환해 놓았다.

"그게 포만감을 씻어내는 약수라는 거요?"

칼린첸코가 물었다.

"그렇습니다."

"어디 한번 맛 좀 봅시다."

"안 됩니다."

민규, 손을 내미는 칼린첸코를 막았다.

"이 물은 저분에게 드리겠습니다."

민규가 가리킨 것은 두 번째 테이블의 거구였다. 그 역시 얼마나 먹었는지 배를 가누지 못할 정도였다.

"우리 셉첸코 실장?"

"저분 역시 식탐과 식욕이 회장님 버금갈 정도군요. 그러나 나이가 젊으니 아직 오장이 버틸 만합니다. 저분이라면 이 약수를 먹고 요리를 더 먹어도 큰 문제가 없겠지만 오장의 기운이 퇴색한 회장님이 이 물을 먹고 요리를 더 즐기면 건강을 해치게 됩니다. 포크를 놓는 순간 병원에 실려 가는 거지요. 저는 제 요리의 부각을 위해 손님의 건강을 해치는 일은 하지 않습니다."

"……!"

압도.

완벽한 압도였다. 민규의 지론 앞에 칼린첸코는 입조차 벙긋하지 못했다.

물은 실장에게 건네졌다. 그의 소화능력을 고려해 두 잔을 더 주었다. 칼린첸코가 보는 앞에서 물을 마셨다. 세 잔이 다 들어가자 시원한 트림과 함께 위장도 한가해졌다.

"정말 배가 쫙 내려갔습니다."

실장의 반색에 비해 칼린첸코는 침묵했다. 설마 하던 일이 일어나니 민규의 위엄이 더 커 보이는 것이다.

"고맙습니다. 그렇잖아도 오늘 양고기와 소고기 질이 좋아 더 먹고 싶던 참이었는데……."

실장은 성큼 테이블로 돌아가 3인분을 더 시켰다.

"회장님."

"……."

"이제 여기 주인을 불러서 잠시 주방을 내주라고 하명해 주시겠습니까?"

"요리를 하는 거요?"

"그래야겠지요."

"기왕이면 기발하고 독특한 것으로 부탁하오."

"노력해 보지요."

"헤이, 징코!"

칼린첸코가 주방을 향해 소리쳤다. 잠시 후에 거구의 셰프가 나왔다.

"여기 우리 갈라예프 회장이 극찬하는 동양의 셰프시라네. 이번 여왕의 종친 생일 만찬을 주관하기도 하셨고."

"아, 예……."

"내가 요리를 한 접시 부탁했으니 재료는 뭐든지 내드리게."

"재료는……."

말을 끊은 민규가 조용히 뒷말을 이었다.

"대추 세 알에 소고기 한 점이면 됩니다만."

대추 세 알에 소고기 한 점.

칼린첸코의 시선이 벼락처럼 반응했다.

이 친구가 장난을 치나?

딱 그 눈빛이었다.

"셰프, 내가 잘못 들은 것은 아니겠지요?"

묵직한 되물음이 나왔다.

"다시 말씀드리지요. 대추 세 알에 소고기 한 점."

"……!"

"대추가 없다면 궁정의 내 식재료에서 가져올 수도 있습니다."

"셰프……."

"독특한 것을 원하셨으니 기대해도 됩니다. 안내해 주시겠습니까?"

민규가 일어섰다. 칼린첸코를 바라본 징코, 칼린첸코가 어깨를 으쓱해 보이자 주방으로 인도를 했다.

"이쪽입니다."

"허엇!"

민규가 멀어지자 칼린첸코의 한숨이 나왔다.

"방금 그거 한숨이지요?"

갈라예프가 물었다.

"아니면요? 대체 무슨 꿍꿍이십니까?"

"꿍꿍이가 아닙니다. 나도 처음에는 그랬으니까요."

"회장께서도?"

"블라디보스토크의 내 별장에 초대했을 때, 솔직히 그 바다에 던져 버리고 싶었습니다. 그때 허접한 마피아에게 한 2,000불 던져주고 심부름을 시켰더라면 내 필생의 한이 되었을 겁니다."

"회장……."

"그동안 곡절도 많았지만 당신과 나, 러시아의 대표가 아니오?"

"내 조국은 우크라이나입니다만……."

"알아요. 당신이 다음 대통령 자리를 노리는 것도."

"크흠."

"그렇다면 저 셰프의 마음을 사도록 하세요. 당신이 숙제로 가지고 있는 유럽 시장… 그 주도권을 쥔 인간들의 마음을 녹일 수 있는 게 요리 아닙니까?"

"요리?"

"총이나 돈은 빡빡하지요. 그걸 앞세우면 후환이 있습니다. 하지만 요리는 그렇지 않지요. 옛날의 미인계에 못지않아요."

"그러는 회장도 요리로 유럽 친구들을 녹인 거요?"

"나는 이미 자리를 잡았지 않습니까? 여차하면 가스관 막아버리면 돼요. 그러나 당신은 아직 아니지. 당신이 파워를 키워야 다음 대통령으로 부각이 될 테고 그렇게 되어야 나와 진짜 협력을 할 수 있지 않겠소?"

"진짜 나를 밀어주려는 것이오?"

"아니면 당신의 정적인 칼리프를 밀어주리까?"

"……."

"아무튼 오늘 한번 몸으로 느껴보시오. 필생의 행운으로 아시고."

갈라예프가 말을 맺었다. 그의 입가에 퍼진 미소는 확신에 차 있었다.

"여깁니다만."

주방으로 들어선 징코가 요리대를 가리켰다.

"요리복을 드릴까요?"

"그보다 동양의 대추가 있습니까?"

"중동의 야자대추는 있습니다만……."

"그건 안 되고… 그냥 소고기만 준비해 주시기 바랍니다."

"정말 한 점입니까?"

"예, 손톱 크기의 세 점이면 됩니다. 다만 정기를 흠뻑 머금은 살코기로 부탁합니다."

"……."

"그럼 저는 잠깐."

민규가 핸드폰을 꺼냈다. 궁정은 코앞, 종규에게 전화를 걸어 몇 가지 재료를 부탁했다.

─뭐? 다시 말해봐.

오더를 받은 종규가 소스라쳤다.

"아마추어처럼 왜 그래? 승마장에서 내가 설명했을 텐데."

―형…….

"손님 기다리니까 서둘러라."

민규가 통화를 끝냈다.

"소고기는 여기 있습니다만……."

징코가 고기를 내왔다.

"고맙습니다."

"그런데… 아까 이야기를 듣자니 당신이 여왕의 만찬을 진행하셨다고 합니다."

"현주의 생일상도 주관했습니다."

"현주의 생일상까지?"

징코가 소스라쳤다.

"더 궁금하신 게 있습니까?"

"아닙니다. 기분 나쁘실지 몰라도 그저 궁금해서… 그리고 보니 얼마 전에 미식가들이 오셔서 말씀하시던 코리아의 마법수 약선요리사가 혹시?"

"미식가라면 누구셨는지?"

"미국 사업가 아이즈먼이라고……."

"아, 그분이라면 제 얘기를 한 게 맞을 겁니다."

"어쩐지……."

대화하는 사이에 종규가 도착했다.

"형!"

가지고 온 것을 주섬주섬 내려놓는 종규. 마지막으로 민규의 숙수 요리복을 내놓았다. 민규는 옷부터 입었다.

"좋은 걸로 제대로 골랐지?"

"몇 개 골라 왔기는 한데……."

종규는 울상이다.

"그럼 놓고 가봐라."

"형, 진짜 그걸로 차를 만들려고?"

"아니면?"

"……."

"왕립약초연구소 가야지. 시간 되기 전에 돌아갈 테니까 준비 마치고 기다려."

민규가 대추를 꺼내 들었다. 넉넉하게 한 줌. 그중에서 가장 실한 놈으로 세 알을 골랐다. 찜기에 넣고 쪘다. 그런 다음 톡톡, 우레타공을 선보였다.

"……?"

대추씨가 빠져나오자 징코가 또 한 번 놀랐다.

"셰프?"

"아, 씨를 빼야 해서요."

"그게 아니라… 씨가 통째로……."

"약선에 필요해서 배운 재주입니다."

"맙소사… 씨가 빠져나온 구멍조차 구분이 힘들지 않습니까?"

징코는 대추씨를 집어 들고 몸서리를 쳤다.

타닥다닥!

민규는 소고기 살을 다졌다. 황기를 갈아낸 가루를 더하고 꿀과 녹차잎가루, 구기자 살을 더해 대추의 빈 속으로 집어넣었다. 씨가 나온 출구를 다물게 하기 위해 시금치 줄기로 중심을 묶었다. 대추는 다시 찜기에 들어갔다.

그사이에 찻물을 준비했다. 물은 정화수와 방제수의 화합이었다. 둘 다 눈을 밝게 한다. 방제수는 마음까지 안정시키니 비장이 약해져 정신력까지 헐렁해진 칼린첸코에게 좋을 물이었다. 그 안에 들어갈 재료는 건조기에서 나왔다. 종규가 가져온 건 모두 네 덩어리. 칼린첸코에게 맞춰 선택하고 세 개는 버렸다.

바삭하게 마른 거시기를 가루로 낸 후에 채에 세 번을 내렸다. 그렇게 나온 고운 가루를 찻물에 넣었다. 정화수는 단맛의 물이니 꿀이나 감초는 첨가하지 않았다.

—약선마통차.

칼린첸코를 위한 차가 나왔다. 색감은 유려하고 깊은 황색이었으니 약선차로 손색이 없었다. 뒤를 이어 대추찜도 끝났다. 대추 세 알에 금박 코팅을 입혀냈다.

—약선황금대추찜.

요리의 끝이었다.

미나리를 갈아낸 즙으로 접시 바닥에 페인팅을 그리고 흰

마의 알갱이로 수를 놓았다. 거기 대추 오림으로 만든 꽃을
띄우니 품격이 제대로 살았다.

"······!"

완성된 요리를 본 징코, 또 한 번 자지러졌다. 그도 런던에
서는 내로라하는 셰프. 그러나 한 번도 보지도 듣지도 못한
우레타공과 금박 코팅. 거기에 유려한 플레이팅. 옆에서 보면
서도 차마 믿기지 않는 장면이었다.

"실례합니다."

헐렁하던 징코의 정신 줄은 민규의 목소리가 나오고서야
팽팽하게 당겨졌다. 그제야 알았다. 요리 쟁반을 갖춰 든 민규
가 비켜달라고 하고 있는 걸.

"요리 나왔습니다."

칼린첸코의 테이블로 돌아온 민규가 접시를 내려놓았다. 대
추 세 알과 차 한 잔. 어떻게 보면 특별할 것도 없었다. 하지
만 가만히 보면 보통 요리가 아니라는 걸 알 수 있었다. 첫째
는 시각을 잡아끄는 금빛 대추의 위용이었다. 색깔만 화려하
지 않았다. 칼린첸코의 체질에 맞췄으니 달콤하고 아련한 향
내가 뇌를 흔들어 버린 것.

즉각 오렉신이 분비되었다. 뇌의 시상하부가 반응한 것이
다. 오렉신은 십이지장에 가까운 식도를 느슨하게 열어주며
공간을 만들었다. 동시에 도파민도 방출을 시작했다. 땡기는
요리를 보면 즉각 분비되는 도파민. 반응의 임계점을 정확하

게 저격하는 민규였다.

"……."

칼린첸코의 표정이 심각해졌다. 조금 전까지만 해도 땅콩 한 알 먹을 생각이 없을 정도로 만땅을 채운 위장. 그 위장이 반응을 하는 것이다.

그러나, 한편으로는 실망이었다. 대추 세 알의 이야기를 듣 기는 했지만 달랑 대추 세 알만 요리해서 나올 줄은 몰랐던 것.

"드셔보시죠."

민규가 요리를 권했다.

"셰프……."

"예."

"요리가 간소하군요."

"약이 되는 요리는 양으로 평가해서는 곤란합니다. 병원의 항생제나 알약을 생각하시면 엄청나게 큰 크기입니다만……."

"그렇게 생각하면 또 그렇군. 그런데 이건 씨가 있는 열매가 아니오?"

"씨는 제거했으니 편하게 드시면 됩니다."

"씨를 뽑았다?"

칼린첸코가 대추 한 알을 집었다. 입에 넣고 한 입을 물 었다.

"……!"

씹던 동작을 멈추었다. 대추 안에 든 건 대추 살만이 아니었다. 소고기와 다른 재료들이 대추의 달콤한 속살과 더불어 혀에 쫙쫙 붙어버린 것이다.

'나쁘지 않군.'

하나를 넘기고 또 하나를 물었다. 그 또한 저절로 녹으며 넘어갔다. 세 번째를 집어 들었을 때 칼린첸코는 눈을 감았다. 몸 안에 봄기운이 도는 것 같았다. 마약의 급격한 효과가 이런 것일까? 눈을 감은 채 포크를 찍었다.

딸깍!

접시를 찍는 소리가 났다. 그제야 알았다. 마지막 대추를 넘겨 버렸다는 것. 쑥스러움과 동시에 아쉬움이 온몸에 몰아쳤다. 한 접시 푸짐하게 놓고 마구 퍼 넣고 싶은 요리. 접시가 빈 게 이토록 허전하기는 처음이었다.

그 마음을 달래려 차를 마셨다. 탑탑하게 짙은 향내에 이어지는 아련한 단맛. 불쾌한 듯하면서도 기분 좋은 그 맛에 또 한 번 포로가 되었다.

"허어!"

찻잔을 놓으며 아쉬움을 토로하는 칼린첸코.

"어떻소?"

갈라예프가 물었다.

"좋기는 한데 워낙 적은 양이라……."

"약선 아니었습니까? 몸 상태를 물어보는 것이오만."

"몸은… 응?"

고개를 들던 칼린첸코, 시원해진 시야에 두 눈이 휘둥그레졌다. 게다가 머리도 맑았다. 위장도 편안한 것 같았다.

"셰프?"

어리둥절한 눈으로 민규를 바라보는 칼린첸코.

"첫 번째 대추요리는 회장님 비위장의 허실을 잡아드린 겁니다. 코리아의 대추는 기혈을 보충하는 데 명수지요. 거기에 꿀과 소고기, 구기자 등의 관련 약재를 넣어 빠른 효과를 보도록 구성을 했습니다. 아마 입 냄새도 많이 가셨을 겁니다."

"……"

"두 번째 차는 눈을 밝게 하고 몸에 축적된 지방기를 내려보내는 약선차입니다. 늘 침침하던 눈이 몰라보게 맑아졌을 겁니다."

"그, 그렇소만……."

"오늘 요리는 여기까지입니다."

"셰… 셰프……."

"하실 말씀이 있습니까?"

"이거… 몰라봬서 죄송합니다. 미안하지만 다른 요리를 더 부탁해도 되겠소? 사례는 얼마든지 할 테니 아까 그 대추만이라도."

"죄송하지만 다른 스케줄이 있어서요."

민규가 점잖게 사양을 했다. 그의 애간장을 녹이는 것이다.

"그럼 언제 되겠소?"

"코리아로 전용기를 보내실 의향이 있으십니까?"

"여, 여기서는 안 되는 것이오?"

"오늘도 갈라예프 회장님의 간청에 못 이겨 잠시 짬을 낸 것입니다만……."

"그렇다면 보내겠소. 그까짓 전용기……."

"그럼 다음에 날짜를 협의해 보도록 하지요."

"기왕이면 빠른 시간 내로 부탁하오. 그도 저도 안 된다면 내가 당신의 코리아로 가겠소."

"그것도 나쁘지 않지요."

정중한 인사를 남기고 돌아섰다. 주도권을 잡았을 때는 짧게 마무리하는 게 중요했다. 그래야 여운이 오래 남는 법.

"셰프, 고맙소."

밖으로 따라 나온 갈라예프가 답례를 전해왔다.

"별말씀을……."

"수고한 금액은 지난번 계좌로 보내놓았소이다."

"벌써요?"

"실은 미리 보내놓았다오."

"예? 미리요?"

"미리 보내면 내가 셰프를 무한 신뢰 하는 거지만 딜을 하고 보내면 거래가 아니겠소? 아까 셰프께서 한 말처럼 셰프

의 맛은 거래로 얻을 수 있는 게 아니라는 거, 나는 알고 있다
오."

"회장님⋯⋯."

"그나저나 궁금한 게 있는데⋯⋯."

"말씀하시죠?"

"아까 그 차 말이오? 내가 아는 냄새가 나던데 혹시나 싶어
서⋯⋯."

"아는 냄새라면?"

"내가 말을 좀 타지 않소? 미안한 얘기지만 말똥 냄새가 살
짝 났어요. 물론 내 말똥처럼 향이 나쁘지는 않았지만⋯⋯."

"말똥 맞습니다. 정확히 말하면 망아지의 똥으로 만든 차
죠. 한국의 궁중요리에서는 마통차라고 부릅니다. 위대한 군
주의 하나였던 우리 영조대왕께서도 즐겨 드시던 차입니다."

"저, 정말 말똥이었단 말이오?"

"그분이 독특한 요리를 원하지 않았습니까? 그만하면 굉장
히 독특한 거라고 생각하는데요?"

"⋯⋯."

"말똥뿐만 아니라 사람의 똥도 약재가 될 수 있습니다. 사
람의 대변은 해열 작용을 해서 열병 치료에 쓰고 인중황이라
고 대나무 껍질을 똥통에 박아 스며들게 하면 모든 독을 해독
하고 악성 종기까지 낫게 하지요."

"그러고 보니 우리 러시아의 민간요법에도 그 비슷한 게 있

었던 것 같소이다만."

"나중에 회장님도 한잔 해 올릴까요?"

"뭐 나쁘지 않지요. 독특하기로 친다면……."

갈라예프가 웃어넘겼다.

말똥으로 만든 마통차.

독특하지.

내친김에 확 노인들 눈밖이 명품 차로 상품화해 버려?

걸음을 재촉하던 민규가 혼자 웃었다.

6. 시체꽃에 만드라고라를 쌈 싸면?

"와아!"

종규와 재희 입에서 탄성이 나왔다. 황 할머니도 눈이 번쩍 뜨이는 모습이었다. 영국 왕립약초연구소의 규모와 수준이 그랬다. 식물들의 종류도 압도적이지만 연구의 수준이 놀라웠다. 그들은 식물의 새로운 가치 발견을 위해 동분서주하고 있었다. 그걸 위해 식물을 분해하는 과정도 신기했다.

재미난 건 현미경이었다. 작은 꽃가루도 현미경으로 보니 하나의 우주였다. 그 세밀한 구조에 감탄이 절로 나왔다. 색감도 그렇고 세포의 모습도 그랬다. 특히 섬유아세포의 세포 분열 순간은 감동이었다. 낙엽 사이에서 진달래꽃이 핀 걸로 알았다. 플레이팅에 응용해도 될 정도로 아름다운 기하였다.

본질.

그 의미에 대해 한 번 더 생각하게 되었다. 남예슬이 말한 원자에서 쿼크의 의미. 역시 인간이 나아갈 길은 끝이 없었다. 끝이라고 생각하는 순간 또 다른 끝을 만나는 것이다.

현미경 사진 중에는 동물의 확대도 있었다. 야자나무 바구미의 겹과 비늘은 마치 호수에 뜬 작은 수련처럼 보였다. 시각을 바꾸면 완전히 다르게 보이는 것. 뜻하지 않은 수확이었다.

다음 문을 열자 정원이 나왔다. 작은 숲이었다. 거기 연구원들이 있었다.

"약초와 만나는 첫 번째 과정일 수 있는 곳이죠."

안내자가 설명을 했다. 연구원들은 각기 허브에 꽂혀 있었다. 그렇다고 뭐 대단한 걸 하고 있지는 않았다. 허브를 따 들고, 혹은 풀잎을 꺾어 진솔하게 음미할 뿐이다.

"안녕하세요?"

민규네를 본 연구원 하나가 인사를 해왔다.

"베론 왕세자님의 초청으로 와계신 코리아의 셰프님이십니다. 왕세자님께서 특별히 안내를 부탁하시길래⋯⋯."

안내원이 방문을 설명했다.

"아, 약선요리로 여왕 폐하의 건강을 되찾아주셨다는 그 셰프님요?"

연구원이 알은체를 했다. 민규의 활약 뉴스가 여기까지 날아온 모양이었다.

"향을 연구하시는 건가요?"

민규가 대표로 물었다.

"네, 허브의 매력을 느끼는 첫 과정이지요. 허브도 자연 속에 있을 때와 연구실로 옮겼을 때가 다르거든요."

"네……."

그 말은 격하게 공감이 되었다. 채소가 그렇다. 밭에 있을 때의 맛과 주방으로 옮겼을 때의 맛이 다르다. 그렇기에 모든 생명체는 가장 빠른 시간에 요리로 옮겨놓는 게 맛을 살리는 최선의 방책인 것이다.

"한번 맡아보시겠어요? 셰프님들은 후각도 뛰어난 분이 많던데?"

연구원이 허브를 가리켰다. 민규 일행이 한 쪽씩 잎을 따서 향을 음미했다.

"숨을 쉴 때마다 향이 열어지는 걸 느낄 수 있을 겁니다. 허브들에게는 미안하지만 저희는 이 시간이 가장 행복하답니다."

"예……."

인사를 하고 돌아섰다. 방해가 되고 싶지 않았다.

"오늘의 이벤트 장소로 가기 전에 아주 특별한 식물이 있는데 한번 보시겠습니까?"

안내원이 또 하나의 식물원을 가리켰다.

"특별하다면?"

민규가 물었다.

"혹시 만드라고라라고 아십니까?"

"어, 만드라고라라면 뽑을 때 비명을 지르고 그걸 들은 사람은 죽는다는 전설의 식물?"

종규가 먼저 반응을 했다.

"아플 때 판타지소설만 본 거냐?"

민규가 웃었다.

"아무튼 궁금하잖아? 형이 영어로 좀 물어봐 줘."

"궁금하면 네가."

민규가 종규 등을 밀었다. 이제 띄엄띄엄 영어를 하는 종규. 그러나 언어는 남에게 미뤄 버릇하면 배우기 어려웠다. 닥치고 부딪쳐야 하는 것이다.

"아, 진짜 치사하게… 헬로우, 그러니까, 그 만드라고라. 두유 노우 만드라고라 레전드 스토리? 유어 만드라고라 세임?"

종규가 부딪쳤다. 엉망이지만 말은 통했다.

"그 만드라고라가 맞습니다."

안내원이 답하자 종규 입이 쩌억 벌어졌다. 사실 놀라기는 민규도 대동소이였다. 민규도 만드라고라를 안다. 뿌리가 사람의 형상이라는 이 식물은 중세까지만 해도 신비의 묘약으로 불렸다. 그러나 소설이나 판타지소설에서만 그런 줄 알았다. 그런 만드라고라가 실존하고 있다고?

"실존합니다. 하지만 성서나 판타지소설에 나오는 것과는 조금 다릅니다."

안내원이 문을 열었다. 안에는 근대잎 비슷한 식물들이 많았다. 어디에도 만드라고라로 여겨지는 기묘한 식물은 보이지 않았다.

"웨어 이즈 만드라고라?"

종규가 영어로 물었다.

"당신 눈앞에 있는 게 만드라고라입니다. 몇 그루는 귀한 꽃을 피웠습니다."

안내원이 식물을 가리켰다. 근대잎을 닮은 그것이었다.

"이게 만드라고라라고요?"

종규 눈에 실망이 스쳤다. 최소한 움직이는 '보우트러클' 정도는 되는 줄 알았더니 그냥 풀인 것이다.

"그렇습니다. 잠깐만요."

장갑을 낀 안내원이 한 그루를 잡아당겼다.

"어, 그거 비명을 들으면 사람이 죽는다던데?"

종규가 움찔 물러섰다. 종규의 우려는 민규가 영어로 전해주었다.

"코리안들도 만드라고라의 전설을 아시는군요? 저도 실은 처음에 살짝 걱정을 했었죠. 만드라고라의 비명을 들으면 저주라도 받을까 봐."

말하는 사이에 그가 뿌리를 뽑아 올렸다. 비명은 나오지 않았다.

"보세요. 비명 같은 건 없죠? 하지만 함부로 만지면 안 됩니다. 뿌리 쪽에 닿으면 위험할 수 있습니다."

안내원이 만드라고라를 내밀었다. 어떻게 보면 뿌리가 뭉친 인삼처럼 보였다. 사람의 형상은 거의 아니었다.

"가짓과 식물입니다. 뿌리가 다육질이라 종종 줄기가 갈라져 있기 때문에 사람 모양을 닮은 것도 나오죠. 중동이 원산지인데 독성이 강해요. 그 독을 이용해 천연의 마취제와 진정제를 만들고 있습니다."

"네……."

"꽃은 여간해서 잘 피지 않는데 오늘 아침에 피었습니다. 마침 귀한 손님들이 방문할 예정이라고 궁정에서 연락이 왔기에 인연인가 싶어 공개하는 겁니다."

"우리가 처음 보는 거로군요?"

민규가 웃었다.

"예, 거의 15년 만에 꽃을 피운 것 같습니다."

안내원이 꽃을 가리켰다. 보라색 꽃은 크지 않았다. 3cm쯤 되려나 싶었다.

"보통은 한 송이를 피우는데 네 송이네요. 셰프님 일행과 숫자까지 맞췄나 봅니다."

"고맙습니다."

인사를 하고 천천히, 만드라고라를 감상했다. 종규는 검색으로 전설의 만드라고라 그림을 찾아냈다. 그림은 울부짖는 만드라고라. 괴기 영화의 한 장면 같지만 현실의 만드라고라는 그냥 뿌리식물이었다. 흔한 약초에 가까운 것이다.

"그러고 보면 우리 인삼이나 도라지를 닮은 듯도? 걔들도 가끔씩 이렇게 기묘하게 꼬인 것들이 있잖아?"

종규가 화면과 실물을 비교하며 중얼거렸다. 만드라고라와의 만남은 그렇게 마감을 했다.

"자, 여기가 바로 스페셜한 식물이 있는 곳입니다. 만드라고라도 유명하지만 이 꽃에는 이르지 못하지요."

또 다른 식물관 앞에서 안내원이 목에 힘을 주었다.

"이걸 쓰세요. 여기서는 필요합니다."

안내원이 내준 건 마스크였다.

'마스크?'

"그럼 혹시 시체꽃 타이탄 아룸?"

민규가 안내원을 바라보았다. 영국에는 타이탄 아룸이 있다. 그게 바로 여기였던 것이다.

"맞습니다. 이 또한 여러분이 오시는 줄 알았는지 아침부터 꽃을 피우기 시작했습니다. 내일부터 일반에 공개할 예정인데 오늘 보셔도 될 정도입니다."

"어억, 그 꽃은 냄새가 지독하다던데?"

종규가 몸서리를 쳤다.

"좀 심하죠. 그래서 마스크를 드리는 겁니다. 그래도 다행스러운 건 향이 계속 나는 게 아니고 몇 시간에 한 번씩 난다는 거죠. 지금은… 큼큼…….."

코를 큼큼거린 안내원이 뒷말을 이었다.

"나는 시간이군요."

안내원이 살짝 열어두었던 마스크를 조였다.

그를 따라 타이탄 아룸에게 향했다. 꽃이 가까워지자 악취가 진동하기 시작했다. 종규와 재희는 마스크를 조였다. 하지만 민규는 오히려 마스크를 벗었다.

"셰프님."

안내원이 민규를 돌아보았다.

"괜찮습니다. 꽃을 보러 온 건데 마스크는 좀… 조금 불편하더라도 이게 타이탄 아룸을 제대로 즐기는 방법 같아서요."

민규가 웃었다. 이미 악취의 반경이었다. 타이탄 아룸의 향은 최대 800미터를 간다. 100미터 안이면 코가 따가울 정도. 그럼에도 평안하게 웃고 있으니 경악하는 안내원이었다.

민규 입장에서는, 별거 아니었다. 요리에서도 악취가 난다. 잘못하여 태우거나 졸아버릴 때가 그랬다. 혹은 오래된 잔반통의 냄새… 그걸 상기하면 큰 문제가 되지 않았다.

"악취가 심한 대변에 생선 썩는 냄새를 섞은 것 같군요. 혹은 밀폐된 곳에서 오래 방치된 음식물 쓰레기의 악취…….."

"정확하군요. 분석 결과 생선과 인분 썩는 냄새에 근접한다는 결과가 나왔습니다."

"냄새도 분석을 하시는군요?"

"뭐든지 하지요. 곧 전문 직원들이 올 겁니다. 사진을 찍고 향을 채집하고… 그렇게 해서 입체적인 구조물도 만들죠. 더구나 이 꽃은 멸종 직전이거든요."

설명을 들으며 가까이 다가섰다. 그걸 보던 재희도 마스크를 벗어버렸다. 그녀도 민규 뒤를 따라 시체꽃을 살폈다. 종규도 결국 탈마스크 대열에 합류하게 되었다. 그 마스크들은 할머니가 겹쳐 썼다. 할머니의 후각에는 부담이 심했던 것.

"……"

안내원은 할 말이 없었다. 코를 쏘는 악취 때문에 마스크는 필수품. 그러나 민규네가 저러니 그녀도 마스크를 뗄 수밖에 없었다.

시체꽃 향기…….

견딜 만했다. 재래식 화장실에 앉아서 볼일을 본 경험도 도움이 되었다. 향을 음미했다. 귀한 꽃이라니 날것 그대로의 향을 기억하려는 것이다.

시체꽃.

이름만 보면 죽음의 꽃이다. 죽음의 냄새를 풍김으로써 삶의 소중함을 가르쳐 주려는 걸까? 그도 아니면 멸종되어 가는 자신을 살리기 위해 목숨을 걸고 꽃을 피워 그 아픔을 알알이 악취로 뿜는 걸까?

시체꽃 위로 뭔가가 날아왔다. 벌, 나비가 아니라 '파리'였다. 냄새 때문인지 시체꽃의 꽃가루는 파리가 옮긴다. 선입견의 파괴였다.

시체꽃과 만드라고라.

"시체꽃에 만드라고라를 쌈 싸면 무슨 맛일까?"

종규가 재미난 농담을 던졌다. 민규도 둘을 합쳐보았다. 시체는 죽음이지만 만드라고라는 만병통치약. 이 연구소 안에도 삶과 죽음이 함께 있는 것이다. 삶이 있어 죽음이 있는 것일까? 아니면 죽음에도 기사회생 방법이 있다는 것을 알려주려는 걸까? 우연히 민규의 방문 시기에 맞춰 꽃을 피운 두 희귀 식물들. 민규 뇌리에 묘한 여운을 각인시키고 있었다.

"이제부터 자유 시간이다!"

왕립약초연구소를 나온 민규가 프리 타임을 알렸다. 원래는 여유 있게 박물관과 함께 로칼 레스토랑을 돌아보려던 계획. 그러나 영국 최고의 방송이 공개 인터뷰를 요청하는 바람에 변경된 스케줄이었다.

"와아!"

재희는 그래도 좋았다. 황 할머니는 먼저 숙소로 돌려보냈다. 나이 때문인지 지친 기색을 보인 까닭이었다. 인터뷰에 함께 나가려면 쉬면서 체력을 비축해야 했으니 그렇게 배려를 했다.

"각자 멋대로 놀다가 3시간 후에 이 자리에서 만난다. 질문?"

"없어요."

대답하는 목소리도 재희가 가장 컸다.

"실습 자금이다. 마음껏 먹고 보고 즐기도록."

민규가 유로를 건네주었다. 500유로씩이니 거리 음식을 즐기는 데 부족함이 없었다.

"이거 정말 다 써도 돼요?"

재희가 물었다.

"그래. 남겨서 오는 사람은 런던에 두고 간다."

"알겠습니다."

재희가 유로를 챙겼다. 셋은 각자 다른 코스로 길거리 음식을 즐기러 나섰다. 영국의 정통요리나 음식은 궁전에서 즐겼다. 오트너와 그의 셰프들 덕분이었다. 민규의 금박 코팅과 우레타공에 빠진 그들. 초자연수의 감동까지 받게 되자 희귀한 요리들을 많이 선보여 주었다.

누가 영국에 요리가 없다고 했던가? 그들에게도 숨은 비기가 많았다. 로스트비프조차도 천양각색. 그렇기에 이제는 시대를 대표하는 길거리 요리로 영국행을 마감하려는 민규였다.

길거리 요리는 풍족했다. 주말이라 더욱 그랬다. 그러고 보면 서울에는 이런 풍경이 부족했다. 떠들썩한 장터 분위기의 길거리 음식 거리가 하나쯤 있다면 얼마나 좋을까? 그리하여 늦은 밤까지 술이나 마시고, 고성방가를 지르지 않는 선에서 세계인들과 어울려 정취를 즐기는 거리가 된다면 관광에도 큰 도움이 될 일이었다.

흠흠……

각양각색 요리의 냄새들이 진해지기 시작했다. 통돼지 바비큐가 시선을 끌었다. 옆에서는 한 입 크기의 꼬치로 굽고 있다. 냄새로 보아 수돼지였다. 그들은 Hog라고 부른다. 꼬치 하나를 사서 입에 물었다. 신선도에 더해진 불맛이 그럭저럭 괜찮았다.

소스도 이것저것 찍어보았다. 어떤 것들은 입에 맞지 않는다. 하지만 요리사는 나쁜 배합도 경험하는 게 좋았다. 마음을 열면 모든 게 공부. 그렇기에 따지지 않고 그냥 즐겼다. 한번쯤은 풀어지는 것도 필요했다. 생맥주도 한 잔 받아 투샷으로 때렸다. 기분이 시원하게 뚫렸다. 요수가 별건가? 때로는 행복하게 마시는 맥주 한 잔이 요수가 되는 것이다.

돼지갈비 구이 햄버거 노점을 지나 오리 기름으로 튀겨낸 감자튀김을 맛보고. 비건 케이크 앞에서 걸음을 멈췄다. 직업의식은 어쩔 수 없다. 비건 케이크는 식물성 재료로 만들었다. 영국에는 비건이 많은 까닭이었다. 초록이 생생한 피스타치오 타르트와 붉은 빛깔 비트 타르트가 압권이었다. 위에 고명처럼 올려진 견과류의 배합도 괜찮은 편이었다. 당연히 하나씩 흡입해 주었다.

'괜찮은데?'

흐뭇한 감상으로 돌아설 때 소란이 일었다. 노점에서 흔한 시비였다.

"이봐, 고기 맛이 이상하다잖아?"

멜빵바지 중년 남자가 정어리 피자 노점 앞에서 목청을 높였다. 취기가 약간 엿보였다. 그 손에 들린 정어리 피자가 재미났다. 마치 도리뱅뱅이를 하듯 정어리를 동그랗게 배치하고 피자로 구워낸 것.

"헛소리 마셔. 우리 정어리는 문제없어. 당신이 정어리 맛을 모르는 거야."

앞치마를 두른 주인도 지지 않았다.

"이봐, 먹는 사람이 재료 맛을 알아야만 먹나? 그림을 못 그리는 사람도 감상은 할 수 있는 거야."

멜빵바지의 응수가 돌직구였다. 달걀을 낳아본 적이 없는 사람도 달걀이 좋은 건지 나쁜 건지는 가려낼 수 있는 것이다.

결국 주인이 정어리 피자를 바꿔주면서 시비는 일단락이 되었다. 정어리 피자에는 많은 정어리가 들어갔다. 그렇다면 하나하나에 신경을 써야 했다. 단 한 마리의 상한 정어리가 전체 맛을 망치기 때문이었다.

몇 미터를 더 가자 시선을 끄는 만두가 보였다. 정확히 말하면 햄버거 스타일의 만두였다. 입을 벌려놓은 만두피 안에

다진 고기와 치즈 가루를 듬뿍 올리고 허브 몇 장으로 포인트를 살려낸 만두햄버거. 눈처럼 새하얀 만두피가 민규 발을 잡고 놓지 않았다. 그 또한 살며시 위장 안에 보관해 주었다.

만두피는 살짝 거칠었다. 그러나 고소하게 녹아드는 육즙 덕분에 만두피의 조직감이 풀린다. 함께 씹다 보니 맛의 조화가 괜찮았다.

마무리는 치즈 크레페로 택했다. 런던의 기억을 달달하게 남기려는 선택이었다.

"셰프님."

종규가 돌아오고 재희도 돌아왔다.

"실컷 즐겼냐?"

"네."

재희가 답했다. 목소리가 커진 걸 보니 제대로 즐긴 모양이었다.

"마셔라."

일단 요수부터 한 잔씩 만들어주었다. 소화에 도움이 될 일이었다.

"그래, 뭐뭐 맛보고 왔냐?"

민규가 물었다. 재희는 아기자기한 요리들을 즐겼고 종규는 햄버거와 스테이크를 주로 맛보았다. 하지만 한 가지만은 공통되었다.

―피스타치오 타르트, 비트 타르트.

셋의 교집합이었다. 단 한 노점에서만 팔던 비건용 두 케이크. 약선요리에 가까운 비주얼이었으니 그냥 넘기지 못한 것이다.

"에이, 난 또 나만 먹은 줄 알았더니……."

재희가 입맛을 다셨다.

"나도 마찬가지거든."

종규도 볼멘소리를 낸다.

하지만 최후의 승자는 재희였다. 그녀는 두 개를 더 포장해 들고 있었다.

"황 할머니 드리려고요."

재희가 웃었다. 그녀의 손안에서 반짝거리는 두 비건용 케이크는 아까보다 더 아름답게 보였다. 이제 남은 스케줄은 하나. 영국 방송과의 인터뷰였다.

"배도 빵빵하니까 가서 사진 좀 찍혀볼까?"

"좋죠."

민규의 추임새에 재희와 종규가 합창을 했다.

7. 김순애의 SOS

　인천공항은 뜨거웠다. 그 기미는 종규가 먼저 알아차렸다. 비행기의 착륙과 동시에 핸드폰의 모드를 정상으로 돌리고 검색 실력을 발휘한 종규. 영국 여왕의 만찬과 민규네 인터뷰 내용이 인터넷을 달군 걸 확인하게 되었다.

　"형!"

　목록을 민규에게 보여주었다. 동영상부터 사진까지 셀 수도 없이 많았다. 민규의 요리들은 다양한 캡처와 포샵을 거쳐 온갖 사이트와 블로그 등에 등장하고 있었다.

　"여기도 기자들 몰려오는 거 아니야?"

　종규가 중얼거렸다. 그 말을 들으며 민규도 핸드폰을 정상

모드로 바꾸었다. 기다렸다는 듯이 전화가 들어왔다. 손병기 피디였다.

—셰프님, 이제야 전화를 받으시는군요? 한국에 도착했습니까?

그는 숨 쉴 틈도 주지 않고 물어왔다.

"방금 착륙했습니다만……."

—그럼 각오하시고 나오세요. 지금 저도 공항입니다.

"무슨 일 있습니까?"

—무슨 일이 바로 셰프님 일입니다. 버킹엄궁전에서 공식 보도를 내면서 셰프님이 핫하게 떴지 뭡니까? 기자들 어마어마합니다.

"정말요?"

—그러니까 그 뭐냐… 셰프님 주특기인 약수 한 잔 마시고 나오세요. 그냥 빠져나가기는 힘들 겁니다.

"……."

통화는 그렇게 끝났다.

"기자들 몰려왔대?"

종규가 물었다.

"그렇단다."

"아이고, 여기도 기자야? 그래도 영국보다는 낫겠네. 거기는 꼬부랑 영어를 쏟아내니 어지러워서 원……."

눈동자가 빨개진 황 할머니가 몸서리를 쳤다. 영국 방송의 인터뷰 때문이었다. 처음에는 간단한 걸로 알았다. 그렇지 않았다. 탑승 시간 직전까지 진행되었다. 그들은 모든 걸 궁금해했다. 게다가 음양오행을 잘 이해하지 못하는 사람들. 설명에도 긴 시간이 걸렸다.

여왕의 일이기에 그랬다. 전날 나간 보도에 시청자들이 열광을 했다. 그렇기에 영국 방송은 디테일까지 파고들었던 것이다.

'그게 발단이었군.'

기름에 기름을 부은 셈이었다. 영국에서 한국까지 날아오는 시간은 길었다. 그 시간이라면 우주 저편의 소식까지 인터넷에 뜨고도 남을 시간이었다.

"마셔라."

손병기의 말대로 초자연수부터 한 잔씩 돌렸다. 눈이 맑아지는 방제수였다. 어차피 벌어질 일이니 용모라도 단정한 게 좋을 것 같았다.

"이민규 셰프다!"

입국장이 가까워지자 기자들이 소리쳤다. 별수 없이 임시 회견장을 만들었다. 다른 이용자에게 불편을 주지 않으려는 의도였다.

참석한 기자는 30여 명. 주변의 구경꾼에 공항 경찰까지 합치니 톱스타나 거물의 입국 풍경과 다르지 않았다.

"영국 여왕의 생일 만찬을 주관하고 왔다고 들었습니다."

열띤 질문이 쏟아지기 시작했다. 질문의 내용은 영국에서
와 비슷했다. 기자들의 궁금증은 요리의 구성에 있었다. 여왕
의 기호에 있었고, 그들의 만족도에 있었다. 하지만 결론은 역
시 '최고 인기 요리'…….

"어떤 요리에 최고의 심혈을 기울였습니까?"

이렇게 물어올 걸 예상하고 있었다. 그러나 민규의 입장에
서는 오랜 시간이 들어간 무지개설기에서 망개순—마샐러드
까지 모두 소중한 메뉴였다. 수많은 자식들을 줄 세워놓고 가
장 사랑하는 한 아이를 골라내라는 말과 같으니 선택이 쉽지
않았다.

"모든 요리에 다 신경을 썼습니다. 맛의 조화란 작은 부분
에서 무너질 수 있으니 심혈의 차이는 있을 수 없습니다."

"그래도 대표작이 있었을 것 아닙니까?"

기자들이다. 그냥 물러나지 않았다. 그들에게는 타이틀로
내세울 '깜'이 필요하기 때문이었다.

"아무래도 생신상이니 축하 케이크가 주목을 받지 않았나
싶습니다."

"케이크에 여왕의 문장을 실물처럼 새겼다고 들었습니다.
그 또한 케이크 성분으로 만들었습니까?"

뒤쪽의 기자가 물었다.

"문장의 식재료는 생마였습니다. 다른 식재료로 물을 들여
구성했습니다."

"여왕의 반응은 어땠습니까?"

"즐거워하셨습니다."

"런던에서 만든 요리 중에서 최고로 기억에 남는 요리는 무엇이었습니까?"

"여왕 폐하의 만찬에 국한입니까?"

"아닙니다. 영국에서 만든 모든 요리 중에서 말씀해 주셔도 됩니다."

엘라의 생일 이벤트까지 알고 있는 기자들, 답변의 폭을 유연하게 넓혀주었다.

영국에서 최고로 기억에 남는 요리.

뭐가 있을까?

약선무지개설기?

엘라의 보만두?

궁중소방?

민규의 답은 어떻게 나올까? 종규와 재희조차도 궁금한 순간이었다.

"영국에서 제가 만든 요리 중에서 가장 기억에 남는 건……."

기자들을 돌아본 민규, 조용히, 그러나 묵직하게 뒷말을 이어놓았다.

"우크라이나의 사업가 칼린첸코에게 만들어준 마통차입니다만……."

"마통차?"

뜻밖의 대답에 기자들이 출렁거렸다.

"마통차가 무엇입니까?"

당연히 질문이 돌아왔다.

"영조께서 즐겨 드시던 궁중차입니다. 눈을 밝게 하고 더위를 예방하며 지방축적을 막아주는 효과를 가진 차입니다."

"여왕께서도 그 차를 마셨습니까?"

"여왕은 국화차를 마셨습니다."

"건배주도 셰프께서 마련했다고 하던데 어떤 술이었습니까?"

"출주였습니다."

"출주? 어떤 술입니까?"

"출주는 '요록'의 비방입니다. 제대로 마시면 백발이 검어지고 빠진 이가 새로 날 정도라 하니 여왕 폐하의 안녕과 장수를 기원하는 의미에서 준비를 했습니다."

"마통차와 출주?"

기자들의 전송이 벼락처럼 이어졌다. 시청자나 독자들의 구미를 당기기에 딱 좋은 메뉴들이었다.

그리고……

늘 빠지지 않는 단골 질문. 결국 튀어나오고 말았다.

"죄송하지만 여왕 폐하의 만찬요리 비용은 얼마나 되는지 궁금합니다."

만찬 비용.

슬쩍 돌아갔지만 결론은 얼마 받고 갔느냐를 묻는 것이다. 버킹엄에서 전용기까지 보내 모셔 간 셰프. 궁금하지 않을 수 없는 일이었다.

"그 문제라면……."

잠시 뜸을 들인 민규가 말꼬리를 붙여놓았다.

"계좌로 꽂아주기로 했는데 아직 확인해 보지 않았습니다."

그 말을 끝으로 기자회견을 마감했다. 사실 액수는 이미 확인을 끝냈다. 버킹엄에서 지불한 금액은 미화로 40만 불이었다. 여왕의 만찬에 30만 불, 엘라의 만찬에 10만 불을 배정했다. 하지만 비용은 많아도 문제, 적어도 문제가 될 뿐이니 상상에 맡겨두었다.

"셰프님, 셰프님!"

몇몇 기자들이 따라왔지만 주차장의 랜드로버는 이미 시동이 걸린 상태였다.

"출발합니다. 승객 여러분께서는 안전벨트를 매주시기 바랍니다."

운전대를 잡은 종규의 멘트는 비행기의 그것과 닮아 있었다.

"이 셰프!"

차만술은 초빛의 입구까지 나와 민규를 반겼다. 꽃다발도

푸짐하게 안겨주었다.

"대체 얼마나 기다리신 거예요? 오늘 영업 안 해요?"

꽃을 받아 든 민규가 물었다. 여기까지 나와 있으니 가게는 문을 닫았다는 얘기였다.

"왜 안 해? 일찌감치 접었을 뿐이지."

"괜히 저 때문에……."

"어허, 나 좋아서 하는 일이야."

"아무튼 고맙습니다."

"그런데 나보다 더 오래 기다린 사람이 있어."

"예?"

차만술이 초빛 마당을 가리켰다. 우두커니 켜진 보안등 아래 사람이 보였다. 조금 멀지만 실루엣만으로도 알 수 있는 사람들… 남예슬과 홍설아, 우태희 등의 연예인들이었다.

"셰프님!"

차가 마당에 들어서자 홍설아가 먼저 깡충거렸다.

"홍설아, 살 많이 빠졌네?"

종규가 중얼거렸다. 정말 그렇게 보였다.

"귀국을 환영합니다."

우태희가 대표로 꽃다발을 안겨준다. 홍설아 뒤에서 남예슬도 꽃바구니를 내밀었다.

"아니, 다들 캐스팅 잘렸어요? 바쁜 시간에 여기 계시면 어떡해요?"

민규가 말했다.

"영국 여왕을 홀리고 오신다는데 어떻게 그냥 있어요? 가실 때도 환송 제대로 못 했는데……."

우태희가 답했다.

"흐음, 이제 보니 뭔가 먹고 싶은 요리가 있으셔서?"

"어, 어떻게 아셨어요? 우리도 여왕님표 무지개설기 먹고 싶어요."

"장생국수하고 궁중소방도요."

민규 말이 나오기 무섭게 우태희와 홍설아가 장단을 맞췄다.

"예슬 씨는 뭐 먹고 싶은데요?"

뒤에서 조용한 남예슬을 바라보았다.

"저는 그냥… 셰프님 피곤하실 텐데……."

"어머, 쟤 내숭 좀 봐. 우리보다 먼저 온 주제에 우리만 나쁜 사람 만드네?"

우태희가 핀잔을 날린다. 무슨 그림인지 알 것 같았다. 남예슬은 혼자 왔다. 여기서 홍설아와 우태희를 만난 것이다. 돌아보니 로드매니저와 코디도 보였다.

"저는 그만 가봐야 해요. 녹화가 있어서……."

남예슬이 먼저 몸을 뺐다.

"그래, 팍팍 뜨는 새 별은 먼저 가라. 지는 별은 시간 널널하니 셰프님 차 한잔 얻어 마시고 기 좀 충전하고 가련다."

우태희가 빈정을 날렸다. 말은 거칠지만 남예슬을 갈구는 건 아니었다. 친하기에 나오는 말투였다.

"차라도 한잔 마시고 가요. 우리도 목마르던 참이었는데……."

남예슬을 잡은 민규가 서둘러 약선차를 내왔다. 그녀들의 차는 당연히 옥정수와 추로수를 써서 피부를 생기 있게 해줬다.

"셰프님, 언제 저희 프로 한번 나와주세요. 셰프님이 예슬이만 밀어주니 우리 시청률이 마구 내려가고 있단 말이에요."

홍설아가 읍소를 했다.

"제가 무슨 예슬 씨만 도왔다고……."

"피이, 다 알아요. 케이터링!"

"야, 그런 걸로 치면 네 프로그램 나가주신 건? 가만 보니 나만 완전 왕따네."

우태희까지 나서서 입술을 실룩거렸다.

"해주실 거예요? 말 거예요? 그렇잖아도 장광 셰프님이 미인계 한번 써보라시던데……."

"뭘 원하시는데요?"

"해주시는 거예요?"

"일단 들어나 봐야……."

"그게… 엊그제까지만 해도 홍해삼하고 진주면이었는데… 영국 여왕의 레시피를 보니 무지개설기와 장생국수,

망개순―마샐러드도 하고 싶고…….”

“얘가… 아주 셰프님을 전속으로 모셔 가지 그러냐?”

“언니, 아무래도 그게 좋겠지? 1부는 장 셰프님, 2부는 이 셰프님이 나오면 시청률 50%는 찍을 텐데, 그렇지?”

홍설아가 폭주했다. 우태희도 웃고 남예슬도 웃었다. 반은 농담이지만 듣기에 좋았다. 인기 없는 것보다야 백배 낫지 않은가?

“저 진짜 국장님에게 얘기할 거예요. 셰프님이 특별 출연 약속해 주셨다고?”

차에 앉은 홍설아가 재확인에 나섰다.

“그러세요. 안 나가면 제 신상에 해로울 것 같으니…….”

“그럼 저 먼저 가요.”

홍설아 차가 1번으로 시동을 걸었다. 우태희가 다음이고 남예슬이 마지막…….

“셰프님, 편안한 밤 되세요.”

인사와 함께 남예슬이 지나갔다. 뭐라고 대꾸하려는 찰나, 홍설아의 샤우팅이 귀를 타고 들어왔다.

“셰프님, 제 꿈 꾸세요!”

그녀의 팔이 허공을 흔들며 멀어졌다. 오래오래 돌아보던 남예슬도 함께…….

“형!”

재희까지 돌아가자 종규가 꽃바구니를 가리켰다. 남예슬의 것이었다. 꽃들 사이에 든 건 살구떡 행병 포장이었다. 메모도 보였다.

[이번엔 제대로 된 것 같아서 같이 담아봤어요. 이번에는 몇 점 주실래요?]

메모를 보며 한 입 물었다. 아직 온기가 있었다. 민규에게 오기 직전에 쪄낸 모양이었다. 마음속으로 점수를 내보았다.
요리는 정성이 반, 그러므로 일단 50점.
맛은 100점 만점에 80점, 반으로 환산하니 40점.
그러나 먼 영국에서 오는 사람에게 타이밍을 맞추려 애썼으니 10점 가점.

[100점.]

이렇게 썼다가 지워 버렸다. 민규가 100점이라고 하면 믿을 것인가? 맛만 고려해 80점으로 문자를 보냈다.

[너무 후한 점수네요. 다음에는 90점에 도전해 볼게요.]

그녀의 답문이 돌아왔다. 그녀의 눈망울처럼 초롱거리며……

"형!"

다시 종규 목소리가 들렸다.

"왜?"

"전화."

종규가 턱짓을 했다. 전화벨이 울리고 있었다. 점수 생각하느라 소리를 듣지 못했다. 발신인은 김순애였다.

—셰프님.

"어, 여사님."

—귀국하셨죠?

"예, 조금 전에……."

—귀국 환영해요. 이번에도 대박을 내셨다면서요?

"덕분에요."

—초빛이세요?

"예. 이제 막 짐을 풀고 있습니다."

—아유, 그러시겠네. 그런데 이걸 어쩐다…….

김순애 목소리가 갈피를 잃고 있었다.

"왜요? 하실 말씀 있으세요?"

—그게…….

"해보세요. 요리에 관한 거라면 뭐든 해드리겠습니다."

—요리는 요리인데…….

"여사님답지 않으시네. 그냥 시원하게 말씀하시라니까요."

—그게… 이야기가 좀 긴데 간단히 말하자면 주 의원님 때

문에요. 후원자로 영입해야 할 여걸이 있는데 이 여자를 꼭 잡아야 해요. 정재 관계에 두루 영향력을 미치는 큰손이거든요.

"……."

―다행히 우리 석경미가 노모와 인척이라 겨우 인맥이 닿았어요.

"제 요리가 도움이 될 것 같으면 한번 모시고 오세요."

빙빙 돌아가는 김순애. 민규가 먼저 제안을 던졌다.

―그렇잖아도 제가 셰프님에게 한번 모시려고 공을 들이고 있었는데 오늘에야 느닷없이 반응을 보여요. 내일 가도 되겠냐고?

"그럼 모시고 오면 되겠네요. 김 여사님 일이니 테이블 하나 비워 드리겠습니다."

―그게 아니고… 그 장 여사가 좋은 뜻으로 한 말은 아니에요. 옵션도 걸었고요.

"옵션?"

―제가 하도 셰프님 자랑을 했더니 엿을 먹이려고 그러는 것 같아요. 이상한 옵션을 붙이네요. 그래도 아쉬운 건 우리 쪽이라……

"어떤……?"

―그러니까 이번에 영국 여왕의 만찬요리 있잖아요? 그걸 똑같이 차려달라는 거예요. 양도, 맛도, 색도, 싱크로율 100%로.

"……!"

―안… 되죠?

"여사님, 아시다시피 제 요리는 체질식이라 사람에 따라 달라집니다. 여왕의 만찬처럼 차린다고 좋은 게 아니에요."

―저야 잘 알죠. 그런데 이 여자는 막무가내네요. 게다가 제 실수도 있고요.

"실수라면?"

―셰프님의 약수 자랑을 했거든요. 입에 못 대는 요리도 먹게 만드는 마법의 물도 요리해 낸다고…….

"그렇게 중요한 사람인가요?"

―이 여자가 상류층과 전문직 등에 영향력이 굉장해요. 남편도 없이 노모만 모시고 사는 여자라 가진 건 돈과 능력밖에 없다고 할 정도예요. 비용은 얼마가 들든 제가 부담할게요.

"정 그렇다면 만찬을 차려야죠, 뭐."

―하지만…….

"뭐가 또 있나요?"

―그게… 이 여자가 그 요리를 다 먹게 해주면 주용길 후보님을 밀어주겠다고…….

다 먹게?

"몇 사람이나 올 건데요?"

―거기 노모는 지금 유명한 절이 가까운 별장에 가 있고…

그러니 혼자 가서 먹겠다네요. 제가 안내하는 것도 귀찮다고
해요.

"……!"

혼자!

민규는 귀를 의심했다. 혼자 와서 여왕의 만찬을 다 먹겠다
니? 왕의 수라도 혼자 비우기 벅찬 판에?

"여사님, 여왕의 만찬에는 열 명도 넘는 종친들이 참석했습
니다. 요리의 분량 또한 그 숫자에 맞춘 거고요."

ㅡ이 여자가 보통 4ㅡ5인분을 먹는 대식가이기는 한데…
어쩌죠? 이래저래 생떼라는 걸 알지만 상대방 후보라도 지지
하게 되면 주 후보가 큰 타격을 받아요. 영향력이 워낙 막강
하거든요.

"여사님."

ㅡ미안해요. 얘기하지 말자 생각하고도 워낙 비중이 있다
보니… 주 의원님 인지도가 높아졌지만 악의적인 루머에 찌라
시들, 상대 당의 후보 추격까지 만만찮아져서요.

"……."

ㅡ…….

통화에 잠시 침묵이 내려앉았다. 여왕의 만찬. 똑같이 차려
내고 다 먹게 해달라는 옵션. 만찬은 이미 만천하에 공개가
되었으니 바꿀 수도 없었다. 최대의 어려움은 무지개설기. 그
건 여왕의 테이블에서도, 그 많은 사람이 나누어 먹어도 다

먹지 못했던 분량이었다.

물론!

요수에 급류수를 써가며 식욕을 도울 수는 있었다. 이미
홍설아에게 입증한 방법이었다. 그렇게 하면 몇 인분 정도는
더 먹게 만들 수 있었다. 그러나, 그렇다고 해도 무지개설기까
지는 무리로 보였다. 더구나 애당초 딴죽을 거는 거라면 몇
입 뜨다가 트집을 잡고는 먹지 않을 수도 있었다. 그렇게 되면
김순애에 민규는 물론 주용길까지 우습게 되어버린다.

'어쩐다?'

잠시 고민하는 사이에 종규가 대나무 마디와 죽순을 정리
하는 게 보였다. 내일 아침 예약에 대나무 통 죽순밥이 있었
다. 대나무 마디의 빈 공간이 돌파구처럼 돋보였다.

"해보죠."

민규 답이 나왔다.

—셰프님······.

전화기 너머의 김순애가 자지러지는 소리를 냈다. 민규가
된다면 된다. 그걸 아는 김순애였기에 기쁜 감정을 감추지 못
한 것이다.

        *   *   *

벌컥벌컥!

물 한 잔이 목을 타고 내려갔다. 시차와 비행의 피로를 푸는 초자연수 한 잔이었다.

"출발!"

민규가 하루의 시작을 알렸다.

목에서 쉰 소리가 났다. 발에서는 바람 소리도 났다. 민규와 종규, 새벽 시장부터 미친 듯이 돌아쳤다. 김순애의 SOS 때문이었다. 그렇잖아도 빽빽하게 예정된 예약. 거기에 여왕의 만찬까지 끼워 넣으려니 몸을 굴리는 수밖에 없었다. 그렇다고 예약된 테이블을 미룰 수도 없는 까닭이었다. 그런 양해를 구하기에는 김순애에게서 요청이 온 시간이 너무 늦었다.

"오늘 하루 죽었다고 복창해라."

곡류를 고르며 민규가 말했다.

"이럴 줄 알았으면 영국에서 며칠 더 있다 올 걸 그랬지?"

종규가 한숨을 쉬었다.

"다시 보내줄까?"

"됐거든. 죽어도 같이 죽고 살아도 같이 살아야지."

종규는 숨도 쉬지 않고 물건들을 실었다.

아침 죽 행렬이 이어지기 시작했다. 그런데 재희가 늦었다. 바쁜 날은 이렇다. 꼭 문제가 따르는 것이다.

"연락해 볼까?"

종규가 묻자,

"그냥 둬라. 피곤해서 조금 더 자나 본데 우리끼리 조금 더

구르면 되지."

"뭐 그렇기도……."

아침 죽 행렬이 끝나갈 때쯤 재희에게 연락이 왔다.

"몸살이 났다는데?"

종규가 울상을 지었다.

"어쩌지? 미람이 누나에게라도 부탁 좀 해볼까?"

"미람이도 자기 가게 준비하느라 바쁘다."

"그럼?"

"플랜 B."

"그게 뭔데?"

"역시 몸으로 때우기."

"그게 플랜 B야?"

"이것도 좋은 공부야. 조금 더 고달프면 되지."

민규가 웃었다. 종규는 그 미소를 거역하지 못했다. 아프다
는 재희를 어쩔 수도 없었다. 다른 알바를 구하면 가르치고
어쩌고 하다가 시간 다 갈 일이었다.

"손님들에게는 바쁜 표시 내지 말아라. 그럼 음식 맛 떨어
진다."

주의를 주는 것도 잊지 않았다.

다행히 죽 행렬은 끝을 보았다. 두 팀의 단체 테이블에서
각양각색의 주문이 나올 때에는 한숨이 나오기도 했지만 해
보니 해볼 만했다. 시간도 제법 당겼다. 점심 예약을 조금씩

앞당겨 끝내고 저녁 손님을 조절하면 오후 7시에 온다는 김순애의 손님을 맞을 수 있을 것 같았다.

분주하게 재료 손질을 할 때 택시 한 대가 들어섰다.

"어?"

종규가 팔딱 고개를 들었다. 택시에서 내린 건 재희였다.

"야!"

종규가 소리쳤다.

"왜?"

재희가 받아친다.

"아프다며?"

"링거 한 병 맞고 왔어."

"재희야."

뒤쪽에서 민규가 나왔다.

"셰프님."

"무리할 필요 없다. 괜히 병나지 말고 들어가."

"안 돼요. 아까 오빠 눈치가 이상했어요."

"내, 내가 뭘?"

제 발 저린 종규가 발끈하고 나섰다.

"미안하지만 오빠 목소리만 들어도 알거든. 딱 보니 굉장히 바쁘던데 뭐."

"푸헐, 넘겨짚기는……."

"흐음, 역시 내가 모르는 예약이 들어왔어. 재료 보니까 엄청난 단체인가 보네?"

재희의 시선이 칠판으로 향했다. 거기 빼곡히 적혀 있는 여왕의 만찬 식재료들. 주방 돌아가는 걸 빤히 아는 재희였으니 딱 걸린 셈이었다.

"좀 특별한 예약이 생기긴 했는데 나랑 종규랑 하면 되니까 가서 쉬어."

"싫어요. 그럼 오히려 더 병이 날 거 같아요."

재희가 거부를 했다.

"재희야."

"생각해 보세요. 셰프님하고 오빠하고 할머니하고 미친 듯이 바쁠 텐데 나 혼자 쉬면 아픈 게 낫겠어요? 병이 더 커지겠죠."

"……."

"그러니까 제 몸살이 나으려면 일을 해야 합니다. 정 걱정되시면 기운 차리라고 약수나 한잔 주시든지요."

"……."

"뭐 싫음 말고요."

민규가 망설이자 재희가 주방 쪽으로 향했다.

"나는 진심 아무 소리 안 했다."

혹시라도 불똥이 튈까 종규가 결백 선언을 했다.

"알았다. 이거나 가져다줘라."

기운 보충을 위해 감람수를 소환해 주었다, 그사이에 숙수

요리복을 입고 나온 재희. 냉큼 물을 받아 원샷으로 마셔 버린다.

"약선요리 마나 풀(Full) 충전 완료!"

게임 속 캐릭터처럼 에너지 강림 포즈를 취한 재희. 식재료 다듬기에 돌입을 했다.

"오빠, 뭐 해? 이제 오빠가 몸살이야?"

멍하니 선 종규를 자각시키는 재희. 민규는 웃을 수밖에 없었다. 갑자기 천만 지원군이라도 온 듯한 기분이었으니 마음도 한결 가벼워졌다.

"셰프님, 정리 끝났어요."

마지막 테이블을 정리한 재희가 주방으로 다가왔다.

"오케이, 그럼 내실에다 가급적 여왕의 테이블처럼 꾸며놓도록."

"알겠습니다."

지시를 받은 재희가 다시 내실로 달렸다. 여왕의 궁전을 가져올 수는 없었다. 하지만 비슷한 분위기는 내야 했다. 요리사의 기본이기도 했다.

'식재료들……'

다시 한번 체크를 했다. 차라리 정식 예약이라면 이렇게 긴장하지 않아도 될 일. 찜찜한 구석이 있는 일이다 보니 여전히 신경이 쓰였다. 생마를 보았다. 영국에서는 여왕의 문장을 조각했던 마였다. 영국에서는 구하는 데 애를 먹었지만 한국에는 널린 생마. 너무 쉽게 구한 것이라 그런지 그 또한 개운하지 않았다.

'여왕의 문장……'

그러나 여기는 한국.

만찬의 주인공 또한 바뀌는 상황.

그렇다면 주인공을 따라가는 게 기본.

그러나 옵션이 걸린 만찬.

어쩐다?

마음이 복잡해졌다.

마를 깎았다.

"형, 도착하셨어."

마당에 있던 종규가 주방의 창을 향해 소리를 쳤다. 차가 들어서고 있었다. 김순애가 말한 그 번호의 세단이었다.

딸깍!

하얀 세단의 문이 열리더니 기사가 내렸다. 감색 정장의 여자였다. 그녀가 뒷문을 열었다. 거기서 나온 사람의 옷은 흰색이었다. 90㎏을 넘는 듯한 거구의 여걸. 선글라스마저 흰테를 두른 여걸 장영순의 등장이었다. 이마는 좁고 턱은 넓은 이미지. 그리 호감 있어 보이는 인상은 아니었다.

"장 여사님이십니까?"

민규가 그녀를 맞았다. 이제부터는 그녀가 여왕이었다.

"제대로 찾아왔나요?"

대답은 뒤로하고 마당을 스캔하는 장영순. 여왕보다 더 여왕처럼 무게를 잡고 있었다.

체질 유형—水형.

'젠장!'

체질을 리딩하던 민규, 첫 단서부터 미간이 일그러지고 말았다. 여왕의 그것과 상극이 되는 체질이었다.

담간장—허약.
심소장—양호.
비위장—허약.
폐대장—양호.
신방광—병약.
포삼초—양호.
미각 등급—D.
섭취 취향—과식.
소화능력—B.

체질창이 나왔다. 수형 체질이니 신방광만 좋다면 건강에 큰 이상이 없을 일. 그러나 이런 몸매의 소유자가 바른 식생

활을 했을 리 없었다. 단맛에 푹 빠진 것이다. 그 결과 신장과 방광을 해치는 것은 물론이오, 비장과 위장의 상태도 좋지 않았다. 그 흔적들은 오장육부의 여기저기에 남았으니 눈 쪽과 귀 쪽 혼탁이 좋지 않았다. 특히 눈동자는 신장의 영향을 받으니 여기 생기는 이상은 신장에서 비롯된 것이다. 귀 역시 신장의 영향권이니 다르지 않았다.

나머지 하나가 또 있었다.

'그래서 선글라스를……'

"모시겠습니다."

생각을 정리한 민규, 앞장을 섰다. 내실의 문은 열려 있었다. 그녀는 말없이 상석에 자리를 잡았다.

"내가 좀 바쁘거든요. 가능하면 시간 낭비는 없도록 부탁해요."

여전히 선글라스를 벗지 않은 장영순.

빨리 가져와.

그 말을 길게 한 것이다.

"최선을 다해 모시겠습니다."

응대를 하고 초자연수와 과일말림부터 내주었다. 정화수와 벽해수, 요수 등의 구성이었다. 정화수는 눈병에 좋았고 짜고 따뜻한 맛의 벽해수는 신장에 도움이 될 일이었다.

"이게 여왕이 마신 물인가요?"

"예."

"나는 물배부터 채우는 건 질색인데… 식사 전에 물을 마시면 위액이 흐려진다고 들었어요."

그녀의 반응은 시덥지 않았다.

"식욕을 돕고 기혈 흐름을 활기차게 하는 물입니다."

"알았어요. 두고 가보세요."

그녀가 문을 가리켰다.

"까칠하네?"

복도에서 지켜본 종규가 속삭였다.

"신경 꺼라. 어차피 모시는 거 즐거운 마음으로."

주의를 주고 주방에 자리를 잡았다.

"그럼 만찬요리 한판 더 벌여볼까?"

식도를 잡은 민규가 종규와 재희를 바라보았다. 둘 역시 요리대 앞에서 준비를 갖춘 후였다.

"셰프님."

재희, 질문이 있는 표정이었다.

"왜?"

"이 많은 요리를 정말 다 먹게 하실 건가요?"

"아니면? 옵션인데……."

"그건 들었지만 이건 아무래도……."

"생각이 있으니까 그냥 열심히만 해."

"네, 셰프!"

재희가 고개를 끄덕였다.

"손님은 수형 체질이다. 눈과 귀가 특히 안 좋고……."

"……!"

민규 말이 재희와 종규에게 길잡이가 되었다. 여왕은 火형 체질, 상극 체질이니 양념의 개념부터 쫙 바꿔야 했다.

"나머지는 여왕 폐하의 레시피대로 간다."

지시와 함께 민규가 요리를 시작했다. 겉모양이야 그렇다지만 오미까지 화형에 맞출 수는 없었다. 그렇기에 각종 식재료를 씻고 재우고 불린 물 또한 모두 수형에 맞춰둔 민규였다. 최대한은 못 하더라도 최소한의 맛까지 포기할 수는 없었다.

다다닥!

사사삭!

자작자작!

요리하는 소리는 언제나 즐겁다. 셋이 만드는 선율은 오케스트라의 조화처럼 듣기가 좋았다. 그렇기에 내실 손님의 까탈스러움도 잠시 잊었다. 오직 요리에의 몰입이었다.

'눈동자…….'

핵심은 그것이었다. 건지황에 숙지황을 꺼내왔다. 황백과 토사자, 구기자도 함께였다. 눈으로 가야 하니 술에 법제한 것들이 대부분… 장영순의 혼탁에 작용할 임계점의 성분을 참작했다. 약내를 낮춘 다음 궁중장생국수와 육면의 육수에 섞어 쓸 생각이었다.

몇 가지 요리의 준비를 끝내고 무지개설기를 안쳤다.

무지개설기.

영국에서는 하나의 장식이었다. 먹는 것보다 보는 이벤트가 중요했던 것. 하지만 오늘은 달랐다. 다 먹겠다는 옵션 때문이었다.

1m에 이르는 높이의 무지개설기. 이걸 먹으면 바로 파장이다. 장영순의 식성이 과식형이라지만 그렇다고 고무줄 위장은 아니었다. 더구나 요수조차 공손히 받아 마실 기세도 아니었다.

하지만!

다행히 그녀가 무지개설기의 엑스레이 사진을 가진 건 아니었다. 즉, 속에 뭐가 들었는지는 모르는 것이다. 뼈대를 세웠다. 생죽(竹)이었다. 그것들로 원형 기둥을 세우고 각색 물을 들인 설기를 한 층, 한 층 둘러 깔았다. 생죽 향 또한 나쁘지 않으므로 맛에도 도움이 될 구성이었다.

딸깍!

찜통이 열리고, 솥뚜껑이 열리면서 요리가 나오기 시작했다.

궁중소방이 접시에 담기고, 양고기육면이 담겼다. 접시 또한 최대한 비슷한 것으로 골랐고 장식도 그에 따랐다. 산야초 튀김이 나오고 부각이 나오는 동안 민규는 무지개설기를 세팅했다.

장식은 조금 달랐다.

여왕의 문장이 아니라 소나무였다, 역시 마를 재료로 양쪽에 황송을 세우고 역시 수형에 좋은 밤을 실채로 깎아 초록물을 들인 솔잎까지 표현해 놓았다. 바닥에도 그 솔잎을 가득 뿌리고 복숭아꽃을 오려놓았다. 마무리인 설기의 꼭대기에는 십장생의 아이템을 빌려 왔다. 양쪽에 세운 소나무와 어울리는 구성이었으니 요리사의 신념의 표현이었다.

다만 호박 줄기로 썼던 리본과 문구만은 그대로 두었다.

Dieu et mon droit.

Honi soit quimal y pnese.

신과 나의 권리.

악한 생각을 하는 사람에게는 재앙이 온다.

장영순에게 딱 부합하는 글은 아니었지만 그리 나쁜 의미도 아니기 때문이었다.

"준비 끝났습니다."

"요리 나왔습니다."

재희와 종규의 합창이 이어졌다. 약선설야멱적어쌈을 끝으로 민규의 요리도 끝을 맺었다. 세 개의 카트에 정성껏 실었다. 요리는 어느 과정도 소홀할 수 없다. 아무리 공을 들이면 뭐 할까? 아무리 맛이 좋으면 뭐 할까? 서빙 단계에서 엎어버리기라도 한다면?

상상만 해도 끔찍하다. 그렇기에 요리사는 팔 힘도 좋아야 했다. 때로는 무거운 요리도 있기 때문이었다. 아무튼 손님의 테이블에 내려놓을 때까지 단 한 순간도 마음을 놓을 수 없었다.

"후우!"

망개순—마샐러드를 올려놓고서야 종규도 숨을 골랐다. 요리는 세 카트를 꽉 채우고 있었다. 척 봐도 자연의 냄새가 가득한 차림이었다. 보기만 해도 건강해진다. 요리란 '교활한 것'이라고 했던 플라톤의 명언이 무색해지는 순간.

그러나 이 요리를 한 사람이 먹겠다고 하니 플라톤의 말이 맞는 것도 같았다. 제아무리 좋은 요리에도 두 얼굴이 있는 것이다.

"요리 준비, 되었습니다."

내실 앞에서 안내를 하고 세팅을 시작했다. 20여 가지에 가까운 요리를 세팅하니 만한전석의 축소판이었다. 무지개설기는 마지막으로 자리를 잡았다. 장영순의 앞이었다.

"셰프."

장영순의 눈빛이 까칠하게 올라왔다. 눈빛이 청량고추보다 매웠다.

"예, 여사님."

"김순애 여사가 말을 잘못 전달했나요?"

"무슨 말씀이신지……?"

"내가 원한 건 여왕의 만찬과 똑같은 요리였어요."

"똑같이 구성했습니다. 다만 접시와 장식은 영국 현지와 한국의 신선도가 다르니 조금 달라 보일 수 있습니다."

"다른 건 그렇다고 쳐요. 하지만 이건 뭐죠? 사자와 유니콘은 어디 가고 소나무가 나온 건가요?"

장영순의 손이 무지개설기를 가리켰다. 그녀가 증거로 내민 핸드폰에는 여왕의 무지개설기가 떠 있었다.

"그건 여기가 영국이 아니라 한국이라서……."

"만드느라 수고하셨지만 그만 가야겠네요. 내가 원한 만찬이 아니거든요."

장영순이 일어섰다. 칼날 같은 반응이었다. 뭐라고 말할 여유조차 주지 않았다.

"여사님."

"설기를 다시 만들 생각인가요? 미안하지만 나도 바쁘고 셰프도 바쁘잖아요? 그사이에 다른 요리는 다 식어버릴 테고……."

가방을 집어 든 장영순이 정곡을 찔러왔다. 사실이었다. 장식만 다시 만든다고 해도 다른 요리가 식는다. 그렇다고 전체를 다시 만든다는 건 엄두도 못 낼 일이었다.

거기서 민규의 승부수가 나왔다.

"이 물 한 잔 마시고 계시면 바로 같은 것으로 대령해 드리죠."

"똑같은 것을 준비라도 했다는 말인가요?"

"5분이면 됩니다."

5분.

민규 목소리가 묵직했다. 겸손하지만 흔들림 없는 눈빛. 선글라스 안에 숨은 장영순의 눈빛조차도 그 시선은 피하지 못했다.

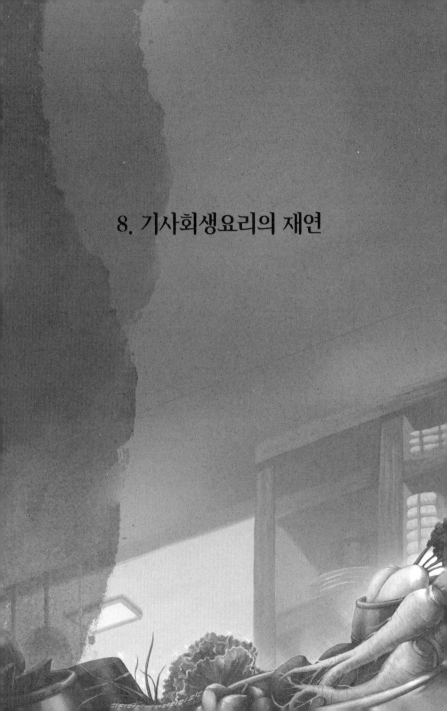

8. 기사회생요리의 재연

"5분이면 됩니다."

그 말에 당황하는 건 종규와 재희였다. 무지개설기였다. 색깔을 내는 것도 그렇지만 크기만 해도 무려 1m. 민규의 실력을 알지만 5분으로는 어림도 없었다. 그럼에도 장담을 늘어놓은 민규. 종규와 재희의 우려는 아랑곳없이 무지개설기를 들고 주방으로 향했다.

"셰프님."

뒤따라온 재희가 울상이 되었다.

"왜 걸레 씹은 얼굴?"

"시간이……."

"시간이 뭐?"

"새로 찌는 건 어림도 없고 조각만 바꾼다고 해도 여왕의 문장 조각은……."

대박 어려운 난도잖아요?

재희의 말줄임표에 숨은 글자들이었다.

"됐으니까 2번 냉장고 열어봐라."

"2번요?"

재희가 주방 냉장고를 열었다. 그리고 얼어붙고 말았다.

"셰프님……."

재희가 돌아보았다. 표정이 밝았다. 그제야 낌새를 차린 종규가 냉장고에 다가섰다.

"아싸!"

탄성이 나왔다. 냉장고 안에 든 건 여왕의 문장 조각들이었다. 사자도 있고 유니콘도 있으며 엉겅퀴와 장미 꽃 오림도 있었다.

소나무와 십장생 장식들을 덜어내고 새 치장을 했다. 흔적을 없애는 데 약간의 스킬이 필요했지만 민규가 누군가? 그 정도는 일도 아니었다.

"……!"

새 무지개설기가 나오자 장영순의 턱선이 흔들렸다. 걸린 시간은 4분 50초였다.

"귤이 회수를 건너면 탱자가 된다는 말이 있습니다. 요리는

주인공을 따라가는 것이니 여왕의 것을 여사님에게 맞췄습니
다만 부득이 원치 않으시니 똑같이 만들어왔습니다."

민규가 설명하자 장영순의 안면 근육이 살짝 경련했다. 불
가능할 줄 알았던 일을 민규가 해낸 것이다.

"이제 만찬을 즐기시지요."

민규가 요리를 권했다.

"그러죠. 다들 나가 계세요. 필요한 게 있으면 불러 드리
죠."

살짝 불쾌해진 장영순이 문을 가리켰다.

"그런데……."

민규가 말꼬리를 파고들었다.

"또 뭐죠?"

"참고로 말씀드립니다만 여왕의 만찬요리와 똑같이 구성하
긴 했지만 여왕께서는 이 요리를 다 드시지는 않았습니다."

"만찬요리를 만든 것까지는 셰프의 영역이지만 여기서부터
는 내 마음입니다. 애당초 이 요리를 다 먹게 해달라고 했을
텐데요?"

"알고 있습니다."

"그런데 왜 딴소리를 하는 거죠? 김 여사의 말은 당신이 손
님의 식욕까지 좌지우지하는 맛의 마법사라고 했어요. 그걸
확인하려는 겁니다."

"……."

"게다가 셰프가 궁중요리 전문이라고요? 그렇다면 왕들의 수라와 만찬인데 유능한 숙수라면 그때그때 왕의 기호에 맞춰야 하는 것 아닌가요?"

"왕을 말씀하시니 그 말도 드려야겠군요."

"또 뭐죠?"

"죄송하지만 왕들은 만찬의 찬품을 다 드시지 않습니다."

"그럼 모양으로 놓고 제사라도 지낸단 말씀인가요?"

장영순이 냉소를 뿜었다.

"수라상의 반찬을 보면서 백성과 나라 형편을 생각하셨습니다."

민규가 자료를 내밀었다. 거기 수라상에 대한 설명이 있었다. 임금은 많은 찬품을 보면서 나랏일을 생각한다. 각 지역에서 올라오는 진상품으로 지방 사정을 생각하고 그 질의 좋고 나쁨에 따라 흉년과 풍년을 생각한 것.

"게다가 왕의 만찬은 일종의 치료식이었지 원초적 욕망의 하나인 식욕만을 채우지는 않았습니다."

"그때야 의사들이 변변치 못해서 그런 것 아닌가요?"

"제가 다녀왔던 영국 왕실도 그랬습니다만……."

"영국이라고요?"

"현대 의학의 발상지 중의 하나라 할 수 있는 영국이지만 왕궁 주치의들도 고치지 못하는 병이 있었습니다. 제가 약선 요리로 바로잡아 주었습니다만……."

"······?"

"플라톤의 지론에 따르면 먹어서 배만 부르는 요리는 '교활'함에 다르지 않다고 했습니다. 제가 만든 요리는 그 탐욕의 반대편에 있는 의식동원을 주제로 만들었으니 양보다 질로 드시면 혀와 위장만이 아니라 오장육부가 고루 만족할 것입니다. 특별히······."

잠시 뜸을 들인 민규가 뒷말을 붙였다.

"여사님의 눈동자와 귀의 불편에도 도움이 될 것입니다."

눈동자와 귀의 불편.

거기서 장영순의 턱선이 눈에 띄게 흔들렸다. 눈동자와 귀의 불편. 그건 민규가 알 일이 아니었다. 여기 들어와서도 선글라스를 벗은 적이 없었다. 귀 또한 겉으로 봐서 장애를 알 수 있는 일이 아니다. 그런데 이 셰프······.

"그럼······."

설명을 마친 민규가 돌아섰다.

"이봐요."

장영순이 민규를 불렀다. 마지막에 던진 떡밥의 효과였다.

"요리가 식습니다."

민규는 딴전을 부렸다. 지금까지는 장연순의 페이스. 그러나 이제는 민규 쪽으로 무게 추가 기울고 있었으니 민규를 불러 세운 게 그 증거였다.

"눈과 귀··· 더 말해봐요."

"신장 때문입니다."

"신장? 내 신장은 아무 문제 없어요."

"그건 피검사나 초음파검사 등의 의학적 판단이겠죠. 그러나 현대 의학으로 설명할 수 없거나 도움을 받을 수 없는 질환은 아주 많습니다."

"기 같은 것에 버무려 어물쩍 넘어가는 건가요?"

"여사님의 눈동자… 작은 침윤이 있을 겁니다. 이따금 눈이 시리고 부시지요. 가끔은 깔깔하게 느껴지면서 시야가 맑지 않을 때가 있을 겁니다. 죄송하지만 그대로 방치하면 청맹이라고 결국 시력을 잃게 될 수 있습니다."

"시력을 잃는다고요?"

"귀의 청력도 그렇습니다. 언젠가부터 작은 소리를 잘 듣지 못하고 있을 겁니다. 다른 사람과 대화할 때 놓치는 말들이 많겠지요."

"……!"

"그게 아니라면, 그저 여사님이 원하는 대로 드셔도 됩니다."

"당신이 시키는 대로 하면 내 눈과 귀가 좋아진다는 말인가요?"

"당연히, 지금 여사님은 제 왕으로서 수라상 앞에 앉아계신 겁니다. 숙수 따위가 왕에게 거짓 혀를 놀렸다가는 목이 달아나지 않겠습니까?"

"젊은 사람이 허풍이 지나치군요. 이 눈은 대한민국 최고 권위자인 안과의사가 관리하고 있어요. 눈동자의 이상은 노화로 인해 발생했는데 잘 관리하면 큰 문제 없을 거라고 했거든요."

"저는 지금 관리가 아니라 완치를 말씀드리는 겁니다."

"완치?"

"아까도 말씀드렸지만 지금 이 순간, 왕은 여사님입니다. 그러니 판단도……."

"셰프의 말은 이 요리를 조금씩 먹으면 내 눈과 귀가 낫는다?"

"식성껏 먹되 무리하지 말라는 겁니다. 다만 장생국수와 양고기육면의 국물은 다 드셔야 합니다."

"효과는요? 설령 효과가 나온다고 해도 하루 이틀이 아닐 텐데… 그럼 그게 셰프의 요리 때문인지 내가 먹는 약이나, 아니면 내 건강이 좋아진 덕인지 어떻게 안다는 거죠?"

"제 요리를 드시면 이 자리에서 일어나기 전에 효과의 유무를 알 수 있습니다."

"김 여사와 짰어요? 두 사람 말이 아주 커플링 같네요."

"그분은 제 요리의 효과를 먼저 체험했을 뿐입니다."

"좋아요. 그렇다면 그 두 요리부터 먹어주죠. 어쨌든 나머지도 다 먹을 수 있게 하세요. 그건 애당초의 약속이었으니까요."

장영순, 한 발은 물러서지만 두 발은 물러나지 않았다.

"그러죠. 제 식사법에 따르신다면."

콜을 받았다. 그녀의 말도 틀리지는 않았다. 약속을 한 건
민규였다.

그녀가 젓가락을 들었다. 나름 대식가답게 장생국수를 한
두 입에 끝장을 보았다. 맛을 음미할 시간도 없다. 양고기육면
또한 거의 원샷 삘이었다. 마치 홍설아의 초기 먹방 스킬을 보
는 것 같았다. 국물까지 알뜰하게 비운 그녀, 보란 듯이 민규
를 바라보았다.

"효과는 어떻게 알 수 있죠?"

바로 민규를 닦아세우는 장영순. 민규는 그 전에 이미 장영
순의 오장육부를 보고 있었다. 두 요리에 넣은 건 간장과 신
장의 기 부족으로 눈으로 올라가지 못하는 정혈을 보강하는
약재들. 명목지황환의 주요 재료에다 눈병에 좋은 정화수를
투입했으니 제대로 작용을 하고 있었다.

"이봐요, 셰프. 응?"

목소리를 높이던 장영순이 이마를 짚었다. 눈에 통증이 온
것이다. 민규가 티슈를 집어 그녀에게 주었다.

"신장과 간장의 기혈이 좋아지면서 눈동자에 맺혔던 작은
이상 물질들을 녹여내고 있습니다. 눈물이 그치면 눈동자가
깨끗해질 겁니다. 더불어 귀도……."

끝의 말은 굉장히 나지막이 속삭였다. 그걸 들은 장영순이

파뜩 고개를 들었다. 그게 속삭임이라는 건 그녀도 알고 있었다. 속삭임이 들린 것이다.

"셰프?"

"인공눈물이 있으시면 눈에 넣은 다음에 거울을 보세요."

"인공눈물?"

장영순이 밖에 있는 기사를 불렀다. 그녀가 차에서 인공눈물을 가져왔다. 그제야 선글라스를 벗은 장영순이 인공눈물을 넣었다.

"……?"

눈물을 닦아내고는 조심스레 고개를 드는 장영순.

"회장님, 눈이 굉장히 맑아졌어요!"

기사가 먼저 소리쳤다.

"정말?"

"보세요. 아주 깨끗해요."

기사가 손거울을 내밀었다. 그걸 본 장영순이 소스라쳤다.

"어머!"

거울을 보는 얼굴이 미친 듯이 떨렸다. 작은 손거울 속에 든 눈동자. 뭔가 희미하게 어리던 것들이 보이지 않았다. 더러운 거울을 닦아낸 것처럼 깨끗하게 변한 것이다.

"셰프."

"더 지체하면 요리가 식을 것 같습니다. 다 드셔야 한다니 시작하시죠."

그녀의 체질에 비례해 요수를 소환해 두고 돌아섰다. 분량을 줄이지 않았기에 약 10인분의 요리. 거기에 무지개설기를 합치면 20여 인분은 될 양이었다. 그녀의 섭취력이 약 5인분이니 평소의 네 배를 먹는 셈. 바른 길은 아니지만 인도하는 수밖에 없었다.

민규의 양보는 나머지 하나의 혼탁이 결정적으로 작용했으니 그녀의 성욕이었다. 水형인 그녀는 성욕이 강했다. 그러나 혼자인 몸. 주변에 남자는 많았지만 누구도 그녀를 넘보지 못했다. 그녀의 파워와 재력 때문이었다. 식탐은 성욕 절제의 부산물인지도 몰랐다. 깊은 밤, 그녀는 남자에 대한 그리움을 음식과 재산 증식의 보람으로 대신했다. 그 혼탁을 본 민규였기에 최후 설득이 먹히지 않자 순응하는 쪽으로 따랐다. 그건 그녀의 즐거움, 조금 삐딱하긴 하지만 모든 사람이 부처처럼 살 수는 없는 일이었다.

장영순의 손이 무지개설기를 집었다. 유니콘을 먹었다. 실체는 마였으니 수분과 함께 시원함을 느꼈다. 절반쯤 퍼 넣자 마음에 여유가 생겼다. 위가 차오르면 요수를 마셨다.

이때부터 그녀는 맛을 느끼기 시작했다. 그저 단맛이나 느끼던 혀가 자연의 신선함을 느낀 것. 신장에 생기가 돌자 간장에 영향을 미쳤고 그 결과 심장이 비장의 기운을 돋워놓았다. 덕분에 장영순의 미각은 달고 푸짐한 것에 만족하던 D급에서 B에 가까운 C급까지 올라간 것.

'응?'

'응……'

남은 접시의 요리들 모두 그랬다. 해초의 맛을, 경단의 맛을, 풀 맛이나 나던 망개순의 맛을 조금이나마 느끼는 장영순. 그것들을 음미하는 재미에 나머지 접시를 깔끔하게 비워냈다. 빈 접시의 숫자와 깨끗함. 그건 그녀의 행복이었다. 더구나 영국 여왕이 먹은 요리, 그걸 궁중요리 전문점에서 양껏 비워내니 포만감에 더불어 행복 게이지가 가득 차게 되었다.

"셰프님!"

옷맵시를 가다듬은 그녀가 민규를 불렀다. 후식을 준비한 민규가 들어섰다. 테이블은, 완전히 비어 있었다. 접시에 요리의 흔적도 별로 없어 세팅 이전으로 착각할 정도였다.

"봤죠? 나 남기지 않았어요."

장영순이 웃었다. 칭찬을 기다리는 아이의 눈빛이었다. 배가 부르면 마음이 널널해진다. 그녀 역시 그 선상에 있었다.

"고맙습니다. 제 요리를 이렇게 잘 먹어주신 분은 처음입니다."

민규가 정중히 답례를 했다.

"그렇죠? 요리를 잘 먹는 건 흉이 아니죠?"

"그럼요."

민규가 웃었다.

"이럴 줄 알았으면 어머니랑 같이 오는 건데… 요즘 꿈자리

가 유난히 뒤숭숭하다고 절이 가까운 별장에 가 계신 통에
요."

"다음에 함께 오세요. 어르신들이 좋아하는 죽이 많이 있
습니다."

"알았어요. 오늘은 원 없이 먹었으니 앞으로는 식사 조절
좀 할게요. 어드바이스 좀 줄 수 있나요?"

"단맛을 좀 줄이시면 됩니다. 그리고… 이 물 향을 맡으시
면 식사량을 줄이는 데 도움을 줄 겁니다. 마음에 들면 또 오
십시오. 몇 번만 맡으면 건강한 몸매로 돌아가실 수 있을 겁
니다."

민규가 내민 건 육천기였다. 그녀의 차에 넣은 것도 육천기
와 추로수. 식욕을 낮춰주는 초자연수였다.

"좋은 차로 한 잔 더 준비해 주시겠어요? 김 여사 좀 불러
야겠네요."

장영순이 핸드폰을 꺼내 들었다. 그녀는 행복 호르몬이 콸
콸 쏟아지는 목소리로 통화를 시작했다.

"김 여사, 자기야? 나 방금 식사 마쳤는데 진짜 기가 막히
네. 김 여사하고 여기 셰프하고 싸잡아서 망신 주려다가 팬이
되고 말았어. 지금 좀 올 테야? 지금 오면 내가 주용길 의원에
게 지지 표명 하고 성의금 정도는 지원해 줄게."

김순애는 벼락을 타고 달려왔다.

둘은 내실에서 웃음꽃을 피우며 이야기를 나눴다. 재희와

종규의 긴장도 함께 풀렸다. 고생한 보람이 있는 것이다.

"고맙습니다. 지금 초박빙이었는데 덕분에 판 뒤집을 수 있는 발판을 마련하게 되었네요. 의원님도 이 셰프님 덕에 매번 기사회생하는 기분이래요. 지금 굉장히 고무되셔서 SNS를 통해 측근들과 지지자들에게 널리 알렸다네요. 내일이라도 인사차 오시겠다고……"

김순애는 들뜬 표정을 감추지 못했다. 그렇게 좋아하는 표정은 처음이었다.

기사회생.

김순애가 남긴 말에 민규가 끌렸다. 종규는 일찍 잠들고 민규는 여러 식재료를 펼쳐놓았다. 이미 꽂힌 테마이기 때문이었다.

음양의 두 물.
—상지수, 정화수.
삼영초.
—영지, 국화, 생강.
오곡.
—보리, 참깨, 벼, 기장, 콩.
용재.
—사슴의 뿔—녹용, 잉어의 비늘, 용의 배를 상징하는 큰 조개……

육기.

—원기, 종기, 공기, 영기, 위기, 진기.

화제를 다 늘어놓았다. 식재료가 있는 것은 있는 대로 없으
면 글자로써 대신했다. 약수와 영초, 오곡과 용재는 아슴푸레
짐작이 되었다. 오장육부와 육기는 이미 이해하고 있는 일.

'천지인음양일치…….'

이 단어의 뜻을 추적해 나갔다. 천지인은 어렵지 않다. 음
양도 익히 아는 의미였다.

'일치라면…….'

모든 것의 조화를 말하는 것 같았다. 음양의 조화를 이루
려면 남자와 여자가 같이 요리를 해야 한다는 걸까?

'그건 아닐 테고…….'

약수를 바라보았다. 사실 물에도 음양이 있었다. 찬물은 음
이 될 수 있지만 그걸 끓이면 양이 된다. 그렇다면 사람 몸도
마찬가지였다. 체표는 양에 속한다. 그러나 내부는 음에 속한
다고 할 수 있다. 그렇게 구분하면 등은 양에 속하고, 가슴은
음이 된다. 오장은 음이오, 육부는 양이다. 손등은 양이고, 손
바닥은 음이다. 손의 동작도 구분이 가능하다. 움직이고 올라
가면 양이오, 멈추고 내려가면 음이다.

'아!'

깨달음 하나가 머리를 치고 들어왔다.

천지인음양일치.

뜻을 알 것 같았다. 이는 식재료와 숙수의 행동 하나까지 음양에서 벗어나지 말라는 암시였다. 그렇게 만들어낸 요리의 정수는 기(氣)였다. 죽음이란 무엇인가? 진기와 원기의 바닥이다. 태어나면서 가지고 온 원기가 마르면 죽게 되어 있다. 그 원기의 바닥은 진기의 바닥과 이어진다.

오장과 육부의 언급은 요리의 조절을 의미한다. 어느 장에서 치명타를 맞았느냐에 따라 오곡의 정기를 조절하는 것이다. 보리는 심장이오, 참깨는 간, 쌀은 비장, 기장은 폐, 콩은 신장을 상징하기 까닭이었다.

'아아!'

민규의 탄식이 길어졌다. 얼핏 기사회생요리가 눈에 보이는 기분이었다.

'그렇다면.'

민규가 일어섰다. 당연히 재연이었다. 용재에 해당하는 식재료가 부족했지만 일단 질러보기로 했다. 질러보면, 감이 잡힐 일이었다. 음양의 물에 영초를 우리고 오곡을 불렸다. 용재도 있는 대로만 삶아냈다. 주용길을 도왔다는 뿌듯함과 비기를 해석한 것 같다는 예감에 손길이 한없이 가벼웠다.

그 순간.

디랑디랑디라랑.

뜻밖에도 김순애에게서 전화가 들어왔다.

'인사는 그만해도 되는데……'

무심코 전화를 받은 민규. 김순애의 다급한 목소리에 얼어 붙고 말았다.

—셰프님…….

첫마디부터 불길한 느낌이 무자비하게 달려들었다.

"무슨 일이 있으십니까?"

—그게…….

"……."

—장영순이…….

"……."

—방금 전에 병원에 실려 갔다네요.

"예? 병원에는 왜요?"

민규 목소리가 튀었다.

—운전기사에게 연락을 받았는데… 집에 도착해서 샤워하고 나오다 의식을 잃어 병원으로 옮겨졌대요. 그런데 병원에서도 어쩌지 못하고 있다고…….

"심각한 겁니까?"

—안타깝게도… 최악의 경우까지 말하고 있다네요.

최악의 경우?

"최악이라면?"

—돌연사 판정이 나올 것 같다고 해요. 지금 그쪽 노모께서도 급거 상경하고 있대요.

"……"

―나도 뭐가 뭔지 모르겠네요. 겨우 장영순을 잡았나 했더니 이런 비보가… 이렇게 되면 지지자들이 오히려 김이 빠지게 될 텐데…….

"여사님……."

―혹시나 해서 체크해 봤는데 셰프님 요리하고는 상관이 없답니다. 그래서…….

"지금 병원에 계세요?"

―네…….

"제가 잠깐 가보죠."

―셰프님.

뭐라고 말하는 소리를 들으며 전화를 끊었다. 종규에게 말하지 않고 랜드로버에 올랐다.

부릉!

엔진 소리는 저 홀로 경쾌하다. 도로로 나오니 신호등이 점멸 신호로 깜박이는 게 보였다.

깜박, 깜―박…….

죽었다가 살아난다.

신호를 타고 속도를 올렸다.

병원에는 석경미 여사도 와 있었다.

"셰프님."

김순애가 급히 다가왔다.

"어떤가요?"

민규가 물었다. 김순애가 맥없이 고개를 저었다. 석경미 역시 눈물을 훔친다. 그사이에 인생의 무대에서 로그아웃이 된 모양이었다.

"원인은요?"

"그게 원인 불명의 돌연사라고⋯⋯."

김순애가 겨우 대답했다.

"영안실로 옮겼나요?"

"아직⋯ 노모가 오고 있어서요."

"아유, 그 양반⋯ 이제 보니 예지몽을 꾼 거였어. 그렇게 꿈자리가 뒤숭숭하다고 하더니⋯⋯."

김순애 뒤의 석경미가 안타까움에 몸을 떨었다.

"저도 좀 볼 수 있을까요?"

"그건 가능할 거예요."

김순애가 앞장을 섰다. 병실 앞에 운전기사와 비서가 있었다. 민규를 보더니 인사를 한다. 민규도 인사를 하고 병실로 들어섰다.

특실이었다. 안에는 장영순 혼자였다. 사망진단이 내렸으니 의사도 간호사도 없었다. 죽은 자를 위해 온도는 낮았다. 그나마 장영순이기에 가능한 일이었다. 그녀는 원장의 VIP 손님. 그렇기에 영안실 직행도 면한 것이다. 최소한 노모가 올 때까지는⋯⋯.

민규, 경건한 마음으로 시트를 벗겼다. 장영순의 얼굴이 드러났다. 그녀의 몸에는 기가 없었다. 납덩이같은 절망만이 엿보인다.

필멸.

누구라서 피할 수 있을 것인가? 지구상의 모든 인간들이 이 길을 걸어갔다. 가난하든 부자든, 악당이든 영웅이든 예외는 없었다.

죽음 또한 민규의 요리처럼 각양각색이었다. 치명적인 병명일 수도 있고 어이없는 병명일 수도 있다. 온몸이 찢겨 죽을 수도 있지만 접시 물에 빠져 죽을 수도 있는 것이다.

왕들도 그랬다.

조선의 태조는 중풍으로 유명을 달리했고 단종은 암살에 예종은 복상사, 순종은 심장마비…….

죽은 다음에는 그 원인이 무엇이든 덧없다. 큰 병이건 작은 병이건 생의 문이 닫히기는 마찬가지이기 때문이었다.

기사회생!

아쉬웠다.

조금 더 그 요리에 전념했더라면 이 여자를 살릴 수 있었을까? 장영순의 몸을 다 확인하고 시트를 덮으려는 순간, 민규는 보았다. 그녀의 신장 구석에 남은 한 조각의 불티를…….

"……?"

시트를 내리고 다시 확인했다. 이번에는 오직 오른쪽 신장만 확인했다.

'명문(命門)…….'

원기를 주관하는 곳이다. 그렇기에 목숨 명에 문 문 자를 쓴다. 목숨의 문이라는 뜻이다. 명문은 목숨을 좌우하는 관문의 역할을 하는 것이다. 여기서 원기가 출발한다. 그 원기의 아궁이 명문… 불은 꺼졌지만 불티 하나가 남아 있는 것이다. 깨알보다도 작지만 불티는 불티였다.

죽었다.

분명 사망진단을 받은 사람이었다. 죽은 지 얼마 되지 않은 사람의 기관은 일부가 작동을 한다. 흔히 말하는 청각이 그랬다. 죽은 다음에도 듣는다고 한다. 그런데… 알고 보면 귀는 신장이 좌우를 한다. 결국 듣는다는 건, 신장의 등불이 꺼지지 않았다는 반증이기도 했다.

살릴 수 있겠느냐?

어디선가 왕의 목소리가 들렸다. 권필의 귀가 들은 게 공명처럼 전해져 오는 것이다.

"……"

살려다오. 의원들은 모두 손을 들었으니 오직 너에게 기댈 수밖에 없다.

"······."

명을 받은 권필이 주방으로 달렸다. 주어진 시간은 오직 그
밤이었다. 그러나 실패였다. 권필이 만든 기사회생 비방요리는
왕의 주검을 돌려놓지 못했다.

하지만 지금은 권필 혼자가 아니었다. 이윤이 있고, 정진도
가 있고, 그리고 민규가 있었다. 그때의 왕은 건강이 엉망이었
던 사람. 장영순은 거기까지는 아니었다.

골똘하는 사이에 주용길이 들어섰다. 지방을 돌다가 급거
상경한 그였다. 천군만마를 얻어 감사의 전화까지 나눴던 장
영순이기 때문이었다.

"이 셰프?"

주용길이 다가섰다. 민규가 한 발 물러나 주었다.

"이런··· 이 사람의 인덕이 이것뿐이었단 말인가?"

주용길의 어깨가 속절없이 떨었다. 그의 좌절감을 알 것 같
았다.

"야속하신 분··· 조금이라도 살아 있다면 여기 이 셰프에게
떼를 써서 회생요리라도 마련해 볼 것을······."

주용길의 오열은 차마 밖으로 새어 나오지도 못했다. 장영
순의 노모가 들어선 건 그때였다.

"아이고, 영순아!"

노모의 오열은 활화산이었다. 죽은 딸을 끌어안고 폭풍의

몸부림을 쳤다.

"그놈의 악몽이 눈만 감으면 반복되길래 내가 이제 가는구나 싶더니 내가 아니고 너였구나. 내가 아니고 너였어. 아이고, 이 미친 저승사자 놈들, 어차피 목숨 하나 줄일 거면 늙고 쓸모없는 나를 데려가지 왜 할 일 많은 우리 영순이를……."

노모의 절규가 민규 마음을 찔렀다.

"아이고, 아이고… 우리 스님도 이제 늙었구나. 별일 없을 거라고, 기인을 만났으니 큰일 한 번 겪으면 될 악몽이라고 걱정 말라더니… 아이고……."

"……."

"경미야, 이 일을 어쩐다냐? 내가 서방 앞세우고 이 나이에 자식까지 앞세우니 내가 어쩐다냐? 내가 같이 가야지."

노모, 석경미의 품에 안겨 폭풍 눈물을 쏟았다.

"기인을 만나서 마지막 식사 행복하게 했어요. 여왕의 만찬으로… 그러니 저승길 가뜬하게 갈 수 있을 거예요."

석경미가 노모를 위로했다.

"아이고, 아이고… 잘 먹고 죽으면 뭣 한다냐? 살아서 잘 먹어야지."

"고모……."

"아니지. 너 그 집 알지?"

노모가 고개를 들었다.

"어떤 집요?"

"그 기인의 집. 우리 영순이 만찬 차려준……."

"그건 왜요?"

"스님 말이 영순이가 굉장한 밥을 먹게 될 텐데 그 집 밥을 두 번 먹으면 좋다고 했거든. 그러니 내가 가서 밥 한 그릇 더 얻어 와야겠다. 그래도 반평생 용한 스님이었는데 이렇게 보낼 수는 없어."

"고모님."

"앞장서거라. 영순이 땅에 묻히기 전에."

"그 셰프님이 이분이세요."

석경미가 민규를 가리켰다.

"아이고, 이 선생님이 그 기인?"

민규를 본 노모, 넙죽 절부터 하고 나왔다.

"어머니……."

놀란 민규가 노모를 일으켜 세웠다.

"이 늙은이 소원이오, 기왕 우리 영순이에게 한 상 차려주었다니 한 번만 더 차려주시오. 우리 스님 말이 맞다면 우리 영순이가 벌떡 일어날 거라오."

"……."

"어서요. 저 몸뚱이가 저승문을 다 넘기 전에."

"……."

그때 주치의와 영안실 직원들이 들어섰다. 법적인 보호자가 왔으니 영안실로 안치하려는 것이다.

"안 돼. 밥 한 끼 먹이기 전에는 하느님이 와도 안 돼."

노모가 벽력처럼 막아섰다. 어찌나 강경한지 주치의는 입도 뻥긋하지 못했다. 노모는 원장에게 전화를 걸어 허락을 받아 냈다. 딸의 돌연사에 상심한 노모. 밥 한 끼 놓아주겠다는 데에야 막을 방도가 없었다. 장영순은 병원에 그만한 기여를 한 사람이었다.

"셰프 양반."

이제 민규에게 매달리는 노모. 민규가 장영순을 돌아보았다. 신장의 아련한 불티는 아직 남아 있었다. 주용길의 시선이, 김순애의 시선이 민규에게 집중되었다. 눈빛들이 비어 있다. 민규의 실력을 알지만 이건 좀 다른 일. 아무래도 이성이 작용하는 것이다.

기사회생요리를 탐색하던 민규. 그 와중에 만난 여걸의 돌연사…….

운명인가? 기사회생요리의 존재 유무.

여기서 시험해 보라는?

"해드리죠."

민규가 노모의 소망을 받아들였다.

"아이고, 고맙습니다. 고맙습니다."

"하지만……."

옵션도 붙였다.

"이런 경우의 음식은 금방 차릴 수 없습니다."

"괜찮아요. 하루가 걸려도 좋고 이틀이 걸려도 좋아요."

노모는 막무가내.

"제가 올 때까지 이 물로 따님 입술을 축이면서 귀에 대고 이야기를 하고 계세요. 귀가 들으면 신장이 듣습니다. 그럼 목숨 줄이 조금이라도 남아 있을지도 모릅니다."

민규가 물 한 병을 내밀었다. 병실 냉장고 안의 생수로 만든 상지수였다.

"알았어요. 부탁해요."

"그럼……."

민규가 돌아섰다.

"허, 이건 무슨 중세도 아니고… 대체 뭐 하자는 짓거리인지……."

주치의와 영안실 직원들이 혀 차는 소리가 들렸다. 그 소리가 묘하게도 오기를 자극했다. 어쩌면 허망한 시도. 민규도 그 정도는 알고 있었다. 그러나 실패한다고 해도 손해날 건 없었다. 최소한 노모의 미련은 없앨 수 있는 것이다. 오직 결과만 생각하기에 주치의는, 그걸 몰랐다.

"황 사장님!"

차를 달리면서 전화를 걸었다. 부족한 재료가 있었으니 그걸 구해줄 사람은 황창동뿐이었다.

―이 셰프가 원한다면 사하라사막이라도 뒤져볼게.

잠자리에 들었던 그는 자기 일처럼 접수해 주었다.

"형!"

주방은 종규가 불을 밝혀놓았다. 곤하게 자도록 두고 싶었지만 별수 없는 일이었다.

"무슨 요리를 만든다고?"

"기사회생요리방!"

"……!"

민규가 한마디로 답했다. 표정을 본 종규는 더 묻지도 못했다.

二藥水 三靈草 五穀 龍身材 六氣 五臟 六腑 天地人陰陽一致 三人求

오장육부와 용의 분해도, 해와 달에 사람 그림…….

난해한 레시피…….

그렇게 생각하지 않았다. 완벽한 레시피였다. 보여줄 것을 다 보여줬는데 더 뭐가 필요하단 말인가? 누군가 옆에서 입에다 떠 넣어주기라도 바랄까?

촌각을 다투는 장영순. 그걸 생각하니 오히려 바짝 조여지는 민규였다.

음양의 두 물은 문제가 없었다.

오곡은 정해진 것이니 하나하나, 마지막에는 다 함께 씹으며 맛의 조화를 확인했다. 그 기준으로 3영초를 골랐다. 오곡의 정기를 제대로 살려내는 것.

솔잎에 영지, 산삼.

그렇게 선택이 되었다. 솔잎은 하늘에 산다. 영지는 땅에 살고 산삼은 땅속에서 난다. 셋 다 불로초로 꼽히는 약재들. 천지인에 맞추고 오곡에 맞춘 구성이었으니 잣과 생강, 국화, 은행 등은 살포시 제외되었다.

잠시 숨을 돌리며 황창동을 기다렸다. 용신재가 필요한 것이다.

그사이에 오장육부와 용의 분해도, 해와 달에 사람 그림을 돌아보았다. 오장은 다섯 색을 가진다. 용도 그와 같아 청룡, 적룡, 황룡, 백룡, 흑룡이 있었다. 신성수에 천지인을 대표하는 3영초, 오곡의 정기에 용의 정기를 더한 요리로써 오장의 육기를 살려내는 것. 그 오장이 육부를 깨워 다시 목숨이게 하는 요리……

"이 셰프!"

밖에서 황창동의 목소리가 들렸다.

"오셨습니까?"

뛰어나가 그를 맞았다.

"겨우겨우 구했어. 금지 품목이 있어서 나 잡혀갈지도 몰라."

황창동이 아이스박스를 꺼내놓았다.

"다들 내일 가져다준다고 그러는 거 일일이 특급 퀵을 보내서 수배했어."

"고맙습니다."

"이번에는 용이라도 살려내려는 거야? 용을 상징하는 부위라니……."

"급하게 쓸데가 있어서요."

준비한 봉투를 건네주었다. 안에 든 돈은 1천만 원이었다.

"너무 많은데?"

"너무 적을 수도 있습니다. 혹시라도 잘되어서 돈이 들어오면 더 생각해 드리겠습니다."

"돈은 이걸로도 충분해. 가서 안 자고 있을 테니까 필요한 거 있으면 또 연락해. 물건은 내가 확인했는데 이 셰프 수준에는 어떨지 몰라."

황창동은 그 말을 남기고 돌아갔다. 주방에서 아이스박스를 열었다. 특별한 식재료들이 나왔다. 낙타의 머리 고기, 사슴의 뿔, 토끼의 눈, 소의 귀, 구렁이 몸통, 대형 조개, 잉어의 비늘 81개, 매의 발톱, 호랑이 앞 발바닥… 한데 모으니 다섯 용의 오색이었다.

어디서 어떻게 구했는지는 생각하지 않았다. 민규가 생각한 건 재료들의 상태일 뿐이었다. 일부는 신선도 등이 마음에 들지 않았지만 납설수와 지장수, 벽해수 등을 동원해 선도를 살려냈다. 그것으로 준비는 끝났다. 자리는 뒷마당에 잡았다. 숯불을 피우는 그 자리였다.

'요리……'

신성을 상징하는 복숭아나무와 뽕나무가지로 숯불을 피워 놓고 생각에 잠겼다. 어떻게 해야 하는 걸까?

찌느냐.

삶느냐.

굽느냐.

볶느냐.

몇 가지 궁리를 했지만 결론은 '죽' 쪽이었다. 재료의 정기를 최대한 우려내 환자 입에 흘려 넣는 것. 그렇다면 미음이다. 그것 말고는 대안이 없었다. 이미 숨이 끊긴 사람이기 때문이었다.

"형!"

종규가 죽물을 가져왔다. 정갈한 오곡을 각각의 방위에서 끓여 따로따로 받아낸 죽물이었다. 원기든 진기든 정기가 필요한 건 두말할 나위가 없었다.

잠시 눈을 감고 장영순의 혼탁을 생각했다. 납덩이처럼 처절한 그 필멸의 혼탁들… 준비한 식재료에 하나하나 대입하며 요리의 차례를 세웠다.

용의 부분 재료들은 하늘과 땅, 물로 나누었다. 우레타공을 응용한 도법으로 잡티까지 떨궈냈다. 그렇게 준비한 것들을 따로 고아 육수를 하나로 합쳤다. 고아내는 것조차 음양을 잊지 않았다. 손등과 손바닥의 음양 횟수를 맞추었고 올리고 내리고, 젓고 멈추는 것 또한 (+)와 (-)를 어기지 않았다.

음양······.

이제 보니 민규 운명 수정의 궤 요체이기도 했다.

陰陽和合 萬物化生(음양화합 만물화생).

음양이 화합하니 만물이 화생하리니.

음양의 정수를 끌어내 목숨과 혼백을 살리는 요리를 만들리니.

그 예지에 다름 아닌 것이다.

'후우!'

그 과정 하나만으로도 진기가 쪽 빠져나갔다. 한 번이라도 실수하면 요리를 망치는 것이다.

그 위에 오곡 정기를 우린 죽물을 더했다. 삼영초를 달인 물도 섞었다. 그 또한 음양의 조화에 집중했으니 바람이 불면 멈추기를 바랐고, 들숨과 날숨의 호흡조차 숫자를 맞추어 쉬었다.

'마지막······.'

땀에 젖은 민규의 시선이 상지수와 정화수로 향했다. 최후의 과정이었다. 약선을 대표하는 민규였지만 몹시 긴장이 되었다. 인간이기 때문이었다.

기사회생요리방 만들기.

어쩌면 허무맹랑한 상상이었을지도 모른다. 왕들을 살려내기 위한 헛된 충성심의 발로일지도 모른다. 하지만 그게 상상이었다고 해도, 숙수들은 주어진 하명을 따라 길을 찾았을 것이다. 그게 숙수의 운명. 오늘만큼은, 이 요리만큼은 오롯이 절대왕정 시대 숙수의 길을 따라가 보기로 했다.

요리……

그 궁극은 무엇일까? 혀와 위장, 나아가 오미의 만족일까? 단지 한 끼, 맛나고 뿌듯하게 먹는 것을 위해 수많은 식재료가 존재한다는 건 슬픈 일이었다. 그런 목적이라면야 쌀과 밀이면 족하지 않을까?

지상에 셀 수도 없이 많은 식재료와 약재가 존재하는 건 미각만을 충족시키기 위한 게 아닐 것 같았다. 음식의 의미 이상의 의미. 그게 없다면 수천만 가지의 식재료들이 무엇 때문에 개성을 뽐내며 존재한단 말인가?

이윤.

지상의 모든 물을 다루는 그도 기사회생요리는 만들지 못했다.

권필.

우레타공 숙수의 원조로 꼽히는 그 역시 기사회생요리의 레시피를 갖지 못했다.

정진도.

절정 의술의 그 또한 마찬가지.

그러나 민규는 3+1=4가 되어버린 존재였다. 인간의 능력은 1+1=2가 아니었다. 한 단계씩 눈을 뜰 때마다 한계라는 장벽을 뚫고 나간다. 그렇다면 민규에게도 지금이 그 순간이어야 했다.

상지수와 정화수.

음양을 보하는 하늘의 물과 땅의 물. 34가지 물에서 대표로 골라냈다. 선택에는 한 치의 오차도 용납되지 않았다. 민규는 스스로를 믿었다. 그 믿음으로 두 신성수를 떨구었다.

마지막 단계였다. 모든 것을 섞은 이 단계를 넘으면 기사회생의 미음이 탄생하는 것이다.

그런데……

보글…….

보글…….

은근하게 끓어오르는 거품 막이 기묘했다. 보통 요리의 끓는 물방울은 셀 수도 없이 많다. 보글보글 어깨를 겨루며 맛을 성숙시킨다. 그런데 이 비방의 물은 오직 한 방울로 끓어올랐다.

단 한 방울.

"……!"

방울은 조금씩 커졌다. 민규는 눈을 떼지 못했다.

보— 글…….

방울의 크기도 점점 커졌다. 반원을 만들다가 톡 하고 터지면 무지개도 보인다. 어찌나 영롱하고 신성한지 지상의 것이 아닌 것만 같았다.

아아!

민규 입에서 경탄이 새어 나왔다. 이제는 알 것 같았다. 원은 여의주였다. 지상의 최고 정기를 모아 용의 여의주를 만드는 것이다. 여의주는 소원을 성취하게 하는 보물. 죽은 자의 소원이 무엇이겠는가? 원기와 정기, 진기를 응축시켜 꺼진 생명에 빛을 주려는 것이다.

보글.

이제는 복숭아만 하게 되더니.

보글.

결국은 참외만 한 원을 그렸다. 그리고… 그것을 정점으로 크기가 줄어들기 시작했다. 원은 살구알 크기에서 멈췄다.

'여기다.'

불을 껐다. 모든 수분의 결합으로 이뤄낸 원이었다. 너무 영롱해 진짜 여의주처럼 보이는 막이었다. 민규가 그걸 접시에 옮기려는 순간.

"……!"

뽁, 소리를 내며 터져 버렸다. 민규 머릿속이 하얗게 변했다. 영롱하던 구슬 막이 허망한 액체로 녹아내린 것이다.

"형!"

숨을 죽이던 종규가 그제야 소리를 냈다.

"쉬잇!"

종규를 진정시켰다. 허망하지만 좌절할 필요는 없었다. 여기까지 온 것만 해도 어딘가? 뽀얀 액체부터 맛을 보았다. 그게 목을 넘어가는 순간 민규가 무방비로 흔들렸다.

"형."

"……!"

종규가 다시 외치자 민규가 손을 들어 보였다. 엄청난 내적 폭발이었다. 오장육부에 핵폭탄을 넣은 것만 같았다. 가슴팍이 다 터져 나간 것 같은 느낌. 그러나 고통은 없었다. 마치 신성의 폭음 속에 선 기분이었다. 곧 이어 오장의 활기와 활력이 느껴졌다.

'이 요리……'

원리를 알 것 같았다. 오장육부의 기 폭탄이었다. 심장마비를 일으킨 사람에게 퍼붓는 심장 압박이랄까? 갈비뼈가 부러지도록 압박을 주듯, 오장이 터져 나갈 듯 기의 폭풍을 일으키는 것. 그 충격파로 죽은 오장육부를 충전해 깨우는 것이다.

터진 방울 막…….

터지지 않은 채 배 속으로 들어가면?

당연히 더 큰 기의 폭발 형성.

그렇다면 터지지 않는 방울 막을 넣어야 했다.

다시 팔을 걷었다. 터진 이유를 알 것 같았다. 방울 막의 힘은 탄력과 끈기가 원천이다. 결국 끈기를 이루는 오곡의 정기를 어떻게 응축시키느냐가 관건…….

'중첩포막법…….'

거기서 이윤의 필살기가 떠올랐다. 오곡에 정기를 더하는 방법이 있었다. 각각의 진득한 죽물로 오곡을 코팅시켜 새로운 죽물을 얻는 것. 그렇게 하면 최고의 정기를 모을 수 있었다. 거기에 육천기를 가한다. 육천기의 원리 또한 음양오행에 다르지 않다. 비기에 적히지 않았지만 도움이 될 것으로 판단되었다.

후끈 달아오른 마음으로 오곡을 고르는 순간 전화가 들어왔다. 석경미였다.

—셰프님!

목소리가 찢어진다.

"......?"

반갑지 않은 소식이었다. 보고를 받은 원장이 다시 병실을 찾았다. 보기에 딱해 노모를 설득했다고 한다. 몇 시간을 버틴 노모, 결국 원장에게 설득이 되고 말았다. 지금 영안실로 옮기려 하니 요리는 그만두어도 될 것 같다는 통보였다.

"안 됩니다. 조금만 기다려 보세요."

민규가 소리쳤다.

—셰프님.

"조금만요. 이제 다 되었습니다."

—셰프님.......

"부탁합니다. 어쩌면 살릴 수도 있을 것 같습니다."

—셰프님, 이미 죽은 지 몇 시간이나.......

"조금이면 됩니다. 김 여사님께 전해주세요. 제가 갈 때까지 장 여사님 지키지 못하면 다시는 저 볼 생각 말라고요."

―세······.

다른 말이 나오기 전에 전화를 끊었다.

"종규야, 네가 가라. 광희대병원으로 가면서 길 박사님께 전화 걸어서 도움 좀 요청하고······."

장영순 시신 지키고 있어.

미선을 주고 종규 등을 밀었다. 그런 다음 새 요리에 돌입했다. 숨 쉴 여유도 없었다. 한번 가본 길. 그렇기에 더 힘들었다. 방법을 알기에 마음이 급해졌다. 인간은 이럴 때 실수를 많이 한다.

후우!

잠시 숨을 골랐다. 방제수로 마음도 안정시켰다. 그런 다음에야 요리에 착수했다.

오곡!

인간의 몸을 유지하는 기본이다. 동시에 핵심이다. 여덟 판별력을 최대한으로 발동했다. 한 톨의 허접함도 용납하지 않는 눈빛이었다. 신장을 상징하는 콩부터 중첩포막을 씌웠다. 그다음이 간을 상징하는 참깨. 여기서 참깨를 조로 바꾸었다. 오곡도 문헌에 따라 변한다. 참깨 대신에 조나 팥을 꼽기도 한다. 좁쌀은 신장의 원기에 특효한 데다 죽물도 참깨보다 나아 교체를 단행한 것. 이건 정진도의 천박재료 진미승화법에서 얻은 힌트였다.

중첩포막도 음양이었다. 상지수를 써서 끓인 죽물로 한 번, 정화수를 써서 끓인 물로 한 번 더 하여 음양에서 벗어나지 않았다.

톡!

다시 마지막 과정이었다. 두 신성수를 더하여 불 위에 올렸다. 그사이에 먼동이 트고 있었다.

보글.

그 순간, 여명을 받은 첫 방울이 올라왔다. 거기에 육천기의 향을 더해주었다.

'아!'

감탄이 나왔다. 이 방울은 아까와 달랐다. 처음부터 영롱한 무지개가 서는 것이다. 무지개 주변은 작은 해라도 뜬 듯 서광이 번져 나갔다.

크기도 달랐다. 작은 수박 덩이처럼 커지더니 차츰 줄어들었다. 마지막 방울은 토종대추 크기였다. 방울 막도 찰고무처럼 튼실해 보였다. 거기서 불을 껐다.

두근!

후우!

심장의 박동이 무한으로 치솟고 날숨이 밀려 나왔다. 겨우 숨을 고른 후에야 기도하는 마음으로 왕의 종지에 옮겨 담았다. 방울 막은 터지지 않았다.

완성.

기사회생요리방.

민규는 그 보물에게서 눈을 떼지 못했다.

이윤.

권필.

정진도.

그 3생에 더한 민규의 분투. 그 분투가 이룬 결실이었다.

부릉!

랜드로버를 몰았다. 차도 없는 첫새벽이었으니 미친 듯한 폭주였다. 신호위반 카메라에 열 번도 넘게 찍히는 것 같았다.

―형, 빨리 와. 원장의 기세가 심상치 않아. 나도 곧 쫓겨날 것 같아.

전화기에서 종규의 비명이 밀려 나왔다.

"다 왔다."

주차장에 들어선 민규가 소리쳤다. 차는 입구에 두고 달렸다. 병실 입구는 소란스러웠다. 원장과 의사들, 길두홍 박사와 직원들이었다. 노모도 있고 종규도 있었다. 종규는 경비원들에 의해 두 팔이 제압된 상태였다.

"셰프님."

김순애와 석경미가 먼저 민규를 보았다.

"뭡니까?"

중진 의사가 민규를 막았다.

"그 셰프예요. 내가 요리를 부탁한⋯⋯."

노모가 원장을 바라보았다.

"아무리 그래도⋯ 죽은 사람입니다. 노모께서 부탁을 하더라도 사양하셨어야죠. 시신이 부패되도록 방치하는 것도 고인에 대한 모욕이 아닙니까?"

원장이 민규를 질책했다.

"그저 미음 한 수저일 뿐이니 조금만 시간을 주십시오."

"곤란합니다. 지금까지 방치한 것만 해도 세상의 웃음거리가 될 판인데 고인에게 음식을 먹여요? 여긴 21세기 대한민국 최고 병원 광덕대의료원입니다."

원장이 위엄을 뿜었다. 미신이나 민간 처방 같은 건 용납할 수 없다는 태도였다.

"이미 10여 시간을 기다렸습니다. 이제 5분이면 됩니다. 어머니 마음도 편해질 일이고요."

민규가 배수진을 쳤다. 거기서 길두홍의 지원사격이 나왔다.

"미음 한 수저라니 먹이고 옮겨도 괜찮지 않겠습니까?"

"허어, 길 박사까지."

"이 셰프가 워낙 약선요리의 대가가 아닙니까? 노모께서 미련을 가지는 것, 이해할 수 있는 일입니다. 결과와 상관없이 위로가 될 겁니다."

"좋아요. 조용히 끝내시되, 이 일은 발설하지 않도록 해주시오."

원장은 위엄 속에서 길을 터주었다.

딸깍!

병실 입구에서 등을 꺼버렸다. 원장과 의사들의 인상이 구겨졌지만 개의치 않았다.

"번거롭게 해서 미안해요. 내가 셰프가 시킨 대로 이야기도 하고 배도 덮어주었어요. 하지만 원장님 말씀도 있고… 생각해 보니 죽은 사람이 살아 돌아온다는 것도 늙은이의 욕심 같기도 해서……."

노모가 말하는 동안 민규는 장영순의 체질창을 보았다. 체질창은 생명 이전의 상태로 돌아가 있었다.

체질 유형—(…형)

담간장—(…)

심소장—(…)

비위장—(…)

폐대장—(…)

신방광—(…)

포삼초—(…)

미각 등급—(…)

섭취 취향—(…)

소화능력—(…)

빈 육신이다. 인간의 몸은 오장육부가 돌리기 때문이었다.

어둠 속. 장영순의 혼이 다다랐을 저승의 문처럼 어두운 병실. 신장의 불씨도 이제 보이지 않았다. 오른쪽도 왼쪽도 깊은 심연이자 침묵일 뿐이었다.

늦은 건가?

마음을 달래며 왕의 종지를 열었다. 그 순간 한 줄기 서광이 아련하게 솟았다.

"에구머니나."

놀란 노모가 휘청거렸다. 종규가 그녀를 잡아주었다. 방울막은 영롱했다. 아직도 터지지 않았다. 신성한 빛에 압도된 노모, 저도 모르게 두 손을 모았다.

"관세음보살, 나무 관세음보살."

노모의 손바닥에 불이 날 지경이었다.

죽은 사람은 입을 벌리지 않는다. 대나무 칼을 물려 방울막을 넣을 공간을 만들었다. 그리고, 그 공간으로 방울을 밀어 넣었다. 뭉툭한 대나무 칼 끝을 이용해 끝까지 넣었다. 빛이 장영순의 목 안으로 사라졌다.

식사는 끝났다.

그러나 장영순의 몸은 전혀 반응하지 않았다.

딸깍!

다시 불이 들어왔다.

"이제 비켜주시죠?"

주치의가 나섰다. 못 볼 꼴을 보았다는 듯 냉소 가득한 찬 바람이 돌았다. 길두홍은 고개를 돌린 채 깊은 한숨을 쉬었다. 민규를 알지만, 그도 어쩔 수 없는 상황이었다. 복도에 있던 김순애도 그랬다.

간호사가 장영순의 얼굴을 덮었다. 마지막까지 체질창을 지켜보았지만 재세팅의 기미는 없었다.

기사회생요리방.

결국 숙수들의 꿈일 뿐이었나? 그랬기에 수많은 조선 왕들의 정사는 물론 야사에도 오르지 못한 기록인 것인가?

다르륵!

침대의 바퀴가 소리를 내며 민규 앞을 지나갔다.

"아이고!"

노모가 주저앉았다.

"이 셰프님."

길두홍이 다가와 민규를 위로해 주었다.

그는 알고 있었다. 민규가 얼마나 분투했을지.

민규는 최선을 다했다.

그저 목표가 인간의 능력 밖일 뿐이었다.

목숨이 한 줄이라도 붙었다면 모를까 완전히 절명한 돌연사의 시신.

민규 약선의 깊이를 알지만 창조주는 아니었으니 별수 없는 일이었다.

"셰프님, 고생하셨어요."

김순애도 격려를 해왔다.

민규 귀에는 아무것도 들리지 않았다.

그저 방울 막의 신성한 무지개만 선했다.

보글 하고 방울이 일어설 때, 그 방울에 무지개가 설 때, 그리고 죽물이 하나의 방울로 변해갈 때, 민규는 확신했었다.

기사회생요리방.

이건 성공이라고.

그런데… 이렇게 끝이었다.

민규 자신에게는 아직도 남아 있는 확신의 여운들.

그 여운들이 무의미하다니 믿을 수가 없었다.

그건 어떤 요리에서도 느껴보지 못한 확신……

그렇기에 온몸으로 반응했던 민규…….

아니야.

이럴 리가 없어.

이건 먹히는 요리라고.

심장의 아우성이 커지는 순간.

팟!

민규가 복도로 뛰었다. 장영순의 시신이 옮겨져 가는 방향이었다.

"형!"

"이 셰프님!"

종규와 길두홍이 소리쳤지만 민규는 멈추지 않았다. 시신은 영안실에 있었다. 냉동 관이 나왔다.

장영순이 그 관에 자리를 잡았다. 그대로 밀어 넣으려는 순간, 민규가 들이닥쳤다.

"아니, 저 사람!"

현장을 지휘하던 주치의가 인상을 긁었다.

"당신, 자꾸 이러면 경찰을……."

"잠깐만요, 잠깐이면 됩니다."

"또 무슨 짓을 하려고? 당장 꺼지지 못해?"

주치의가 핏대를 올리는 순간, 뒤에 있던 영안실 직원들이 비명을 질렀다.

"어어억!"

"왜 그래요?"

짜증스레 돌아보던 주치의, 그 자세로 얼어붙고 말았다.

장영순.

막 냉동실 안으로 들어가려던 그녀의 복부가 꿀럭 경련을 한 것이다. 한두 번도 아니었다. 기사회생의 신호, 그것이었다.

"선생님."

놀란 직원들이 주치의를 바라보았다.

"뭐 해요? 빨리 꺼내지 않고. 장 여사님, 다시 살아났어요!"

관을 끌어낸 민규가 벼락처럼 소리쳤다. 그녀의 체질창이
재세팅되는 걸 읽은 것이다.

체질 유형―木형.
담간장―미약.
심소장―미약.
비위장―미약.
폐대장―미약.
신방광―미약.
포삼초―미약.
미각 등급―(…)
섭취 취향―(…)
소화능력―(…)

미약, 미약……
위태롭다.
그러나 그건 보통 사람의 개념, 죽었다 살아난 사람에게는
그렇지 않았다.
"셰프님!"
뒤따라온 김순애가 눈물을 쏟았다. 노모는 큰절부터 올렸
다. 한 번, 두 번, 세 번… 끝도 없었다. 원장실로 가던 중에 보
고를 받고 돌아온 원장 역시 입을 벌린 채 말을 잇지 못했다.

"바이털사인이 돌아옵니다."

간호사의 말이었다.

민규에게는 천국의 신호였고 원장과 주치의에게는 아찔한 현기증이 되는 신호였다.

『밥도둑 약선요리王』 16권에 계속…

이제부터 전자책은

이젠북

www.ezenbook.co.kr

새로운 세계가 열린다!

김재한 『성운을 먹는 자』	철백 『대무사』
니콜로 『마왕의 게임』	가프 『궁극의 쉐프』
이경영 『그라니트:용들의 땅』	문용신 『절대호위』
탁목조 『일곱 번째 달의 무르무르』	천지무천 『변혁 1990』
강성곤 『메이저리거』	SOKIN 『코더 이용호』

이름만 들어도 황홀할 정도의 별들의 향연!
이들의 "유료연재"가 시작됩니다!

검색창에 **이젠북**을 쳐보세요! ▼

초대형 24시 만화방

신간 100%, 샤워실, 흡연실, 수면실(침대석), 커플석, 세탁기 완비

■ 광명 광명사거리역점 ■

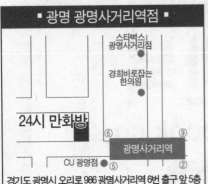

경기도 광명시 오리로 986 광명사거리역 6번 출구 앞 5층
02) 2625-9940 (솔목타워 5층)

■ 강북 노원역점 ■

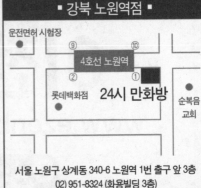

서울 노원구 상계동 340-6 노원역 1번 출구 앞 3층
02) 951-8324 (화용빌딩 3층)

■ 일산 정발산역점 ■

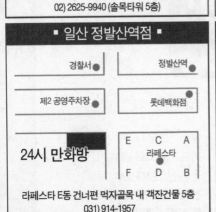

라페스타 E동 건너편 먹자골목 내 객잔건물 5층
031) 914-1957

■ 일산 화정역점 ■

경기도 고양시 덕양구 화정동 984번지 서일빌딩 7층
031) 979-4874 (서일사우나 건물 7층)

■ 부천 역곡역점 ■

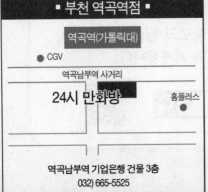

역곡남부역 기업은행 건물 3층
032) 665-5525

■ 부평역점 ■

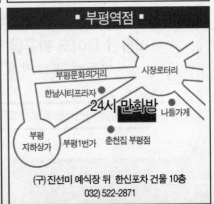

(구)진선미 예식장 뒤 한신포차 건물 10층
032) 522-2871

레저렉션

Resurrection

10000LAB 현대 판타지 소설

MODERN FANTASTIC STORY

"난민 수백 명을 치료했답니다. 혼자서요."

내전으로 수많은 사람들이 죽어가는 아프리카의 한 나라.
그곳에서 폭격으로 부모님을 잃게 된 청년, 이도수.
홀로 살아남은 그가 얻게 된 특별한 능력.

"저는 생과 사의 경계에서 사람을 구하는 일이 좋습니다.
그게 제가 하루하루 살아가는 이유예요."

레저렉션(Resurrection: 부활, 소생), 사람을 살리다.

현대 의학계를 뒤집어놓을
통제 불가 외과의가 온다!

Book Publishing CHUNGEORAM

유행이 아닌 자유추구 -
WWW.chungeoram.com

MODERN FANTASTIC STORY

김대산 현대 판타지 소설

강한
금강불 되
괴다

가족의 사고 이후 죽지 못해 살아가던 청년 김강한.
우연히 한 여자를 구하게 되면서 새로운 세계와 만나다.

마음이 일어 행하지 못할 것이 없는 궁극의 경지?
외단(外丹)? 내단(內丹)? 금강불괴?

"이게 다 무슨 개 풀 뜯어 먹는 소리야?"

그러나 진짜다!
김강한, 마침내 금강불괴가 되다!

Book Publishing CHUNGEORAM

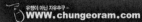
유행이 아닌 자유추구 -
WWW.chungeoram.com

FANTASTIC ORIENTAL HEROES

와룡봉추

임영기 新무협 판타지 소설

세상천지 원하는 것을 모두 다 이룬
천하제일인 십절무황(十絕武皇).

우화등선 중, 과거 자신의 간절한 원(願)과 이어진다.

"…내가 금년 몇 살이더냐?"
"공자께선 올해 스무 살이죠."

**개망나니였던 육십사 년 전으로 돌아온
화운룡(華雲龍).**

멸문으로 뒤틀린 과거의 운명이 뒤바뀐다!

Book Publishing CHUNGEORAM

유행이 아닌 자유추구-
WWW.chungeoram.com

실명 무사

김문형 新무협 판타지 소설

FANTASTIC ORIENTAL HEROES

**망자가 우글거리는 지하 감옥에서
깨어난 백면서생 무명(無名).**

그런데, 자신의 이름과 과거가 기억나지 않는다?
잃어버린 기억을 되찾기 위해 망자 멸절 계획의 일원이 되는 무명.

**망자 무리는 죽음의 기운을 풍기며
점차 중원을 잠식해 들어가는데……!**

"나는 황궁에 남아서 내가 누구인지 알아낼 것이오."

**중원 천하를 지키기 위한
무명의 싸움이 드디어 시작된다!**

Book Publishing CHUNGEORAM

유행이 아닌 자유추구
WWW.chungeoram.com